Ein orientalisches Winterlicht

Danke

Ein ganz besonders herzlicher Dank geht an das Team der **Lese-App Snipsl**!
Durch sie habe ich vorab schon Kontakt zu einigen Leserinnen & Lesern bekommen, ganz viel tolles Feedback erhalten und so den Mut gefasst diese Geschichte auch zu veröffentlichen!

Meinen Vertrauens-Leserinnen Gabi, Elli und Susan an dieser Stelle auch dickes DANKE ♡

Natürlich danke ich ganz besonders Euch, meinen Leserinnen & Lesern, dass Ihr Interesse an meinen Geschichten habt!

Danke, Ihr seid die Besten!

Euer Liam Rain

Liam Rain

Ein orientalisches Winterlicht

Impressum

Liam Rain
Bliesgaustr.76
66440 Blieskastel
LiamRain@gmx.de
www.facebook.com/Liam.Rain.Autor
www.twitter.com/Liam_Rain_Autor

© März 2018 Liam Rain

Illustration: Dennis Wilkinson

Herstellung und Verlag: BoD – Books on Demand,
Norderstedt

ISBN: 978-3- 7460-2458-5

Inhaltsverzeichnis

Mina

Draußen hatte es begonnen zu schneien. Die ruhige Seitenstraße sah wie mit Puderzucker überzogen aus. Vielleicht würde es ja dieses Jahr endlich wieder weiße Weihnachten in der Kleinstadt geben? In einigen Tagen war es schon so weit.

Das Glöckchen an der Tür kündigte einen verspäteten Kunden an.

„Wir haben eigentlich schon geschlossen", rief sie freundlich. Doch als Mina nach vorne ging, staunte sie nicht schlecht. Auf dem Tresen ihres kleinen Antiquitätenladens stand eine Öllampe. Der dazugehörige Kunde unbestimmten Alters wirkte nervös.

Zu dem beigen Herrenmantel, den edlen Schuhen und seinem Hut trug er Handschuhe gegen die Kälte draußen. Im krassen Gegensatz dazu standen die langen, strähnigen Haare, die zum Vorschein kamen, als er seine Kopfbedeckung abnahm.

Die junge Händlerin legte ihr freundlichstes Lächeln auf und trat hinter die Theke.

„Was kann ich für Sie tun?"

„Retten Sie mich, indem Sie diese Lampe kaufen."

Mit spitzen Fingern schob er das Gut näher zu ihr. Auch ohne eingehende Untersuchung sah sie schon, dass es sich um ein echtes Stück handelte. Mittlerer Orient, ungefähr drittes Jahrhundert vor Christus, schätzte sie. Doch wieso wollte er es so dringend loswerden?

„Ich weiß nicht so recht. Diebesgut macht mir keine Freude…"

Hektisch schüttelte er den Kopf und legte ihr den Kaufvertrag eines Kollegen von der Küste hin. Ungewöhnlich daran war, dass in einer Fußnote eine Sonderklausel stand, in der die Rücknahme ausgeschlossen wurde.

„Was möchten Sie denn dafür haben?"

„Geben Sie mir fünf Euro, dann ist es gut."

Immer wieder sah er verängstigt auf seine Uhr. Sorgfältig setzte sie einen Ankaufvertrag auf und legte ihm das Schreiben hin.

„Ohne Rücknahme, bitte fügen Sie das noch ein. Und können Sie sich ein bisschen beeilen? Bitte, ich habe es eilig."

Misstrauisch fügte Mina die gewünschte Regelung ein. Doch kaum hatte sie den Punkt hinter dem Zusatz gesetzt, riss er ihr den Stift aus der Hand und unterschrieb. Sie reichte ihm den Fünfer und er rannte hinaus, ohne sich noch einmal umzudrehen oder die Durchschrift des Vertrages einzustecken. Nachdenklich ging sie zur Tür und schloss ab, das nostalgische Hängeschild drehte sie auf ‚Geschlossen'.

Fünf Euro für eine Antiquität, die sicher das Tausendfache wert war, wenn Mina sie erst einmal gereinigt und datiert hatte...

Mit einem Jauchzer und einem kleinen Luftsprung machte sie ihrer Freude Luft, schnappte sich ihren Besen und tanzte damit durch den Laden. So dauerte das sorgfältige allabendliche Aufräumen und Putzen zwar etwas länger als gewöhnlich, aber das war ihr angesichts des Schnäppchens egal. Abschließend rechnete die junge Frau noch die Kasse ab.

Das Geräusch des großen Chinagongs dröhnte plötzlich durch die Stille in ihrem Lädchen. Erschrocken drehte sie sich auf dem Absatz um, doch war außer ihr niemand in dem Geschäft zu sehen und das Stück stand fest verschnürt an seinem Platz.

„Sicher nur meine Nerven, es war ein langer Tag." murmelte Mina leise. Mit einer kraftlosen Geste rieb sie sich über die müden Augen. Beinahe ehrfürchtig nahm sie die neuerworbene Antiquität und ging nach hinten ins Arbeitszimmer. Normalerweise widmete sie sich nach Ladenschluss noch ihrer Leidenschaft, dann schrieb sie Geschichten über ferne Länder. Doch heute war sie dazu zu müde. Die alte Bahnhofsuhr über ihrem Schreibtisch zeigte 23:40 Uhr an. Viel zu spät. Wehmütig stellte sie die Lampe ab und beschloss, sie direkt am nächsten Tag in Augenschein zu nehmen.

Langsam ging sie die kleine Stiege in den Keller hinab, wo sie ihr Zimmer und ein winziges Bad hatte, in dem sie sich noch bettfertig machte.

Etwas später schlüpfte sie unter die Bettdecke. Mit einem letzten Handgriff knipste Mina das Licht aus. Den letzten Glockenschlag der nahen Turmuhr hörte sie schon nicht mehr.

Als die junge Frau am Morgen erwachte, erschrak sie. Die Lampe stand direkt neben ihrem Bett. Wie war das Ding dorthin gekommen? Sie hatte es auf doch ihrem Schreibtisch stehen gelassen. Oder etwa nicht?

Vorsichtig nahm sie das wertvolle Stück und stellte es auf ihren Nachttisch. Während sie ihrem täglichen Morgenritus aus duschen, Kaffee trinken und Zeitung lesen nachging, hatte sie die Lampe schon fast wieder vergessen. Doch als Mina bei ihrem täglichen Rätsel ankam, legte sie die Zeitung zur Seite, denn ein viel spannenderes Rätsel stand schließlich in ihrem Schlafzimmer und wartete auf seine Erkundung. Kurz darauf saß sie mit der Lampe, einem weichen Tuch und einer sanften Politur wieder in ihrem Arbeitszimmer. Sie wollte das alte, dreckige Ding wieder auf Hochglanz polieren, so brächte es sicher eine nette Summe ein. Behutsam tat die junge Antiquitätenhändlerin den ersten Strich und stellte erstaunt fest, dass der Schmutz sich ganz leicht entfernen ließ. Wieso hatte der Vorbesitzer das kostbare Stück dann derart dreckig gelassen? Sie rieb sorgfältig Strich um Strich den Schmutz herunter. Nun konnte Mina sich auch daranmachen, die Lampe zu datieren, doch das erwies sich schwieriger als gedacht. Mit ihrer groben Schätzung lag sie nahe dran, doch wies kein Katalog ein ähnliches Exemplar auf. Nach stundenlangem suchen musste die Frau sich eingestehen, dass es wohl nicht genauer ging. Mit einem enttäuschten Seufzen begann sie das Objekt ihres Frustes zu polieren. Wieder dröhnte der alte Chinagong, die Uhr über dem Schreibtisch begann durchzudrehen und das Arbeitslicht flackerte. Plötzlich zog ein dichter Rauch durch den Raum und Mina überlegte fieberhaft was in Brand geraten sein könnte und vor allen Dingen wie. Hustend kämpfte sie sich zur Durchgangstür, doch im Laden war klare Sicht. Sie atmete einige Mal tief durch und hielt die Luft an, um zurück in den Rauch zu laufen. Was auch immer da drin brannte, sie musste die Lampe retten!

Mit zusammengekniffenen Augen hechtete Mina in den Raum. Doch kam sie nicht bis zum Tisch wo die Lampe stand. Voller Schwung prallte sie gegen einen Widerstand, der dort nicht sein dürfte. Sie riss die Augen auf und erschrak. Eine finster dreinsehende Gestalt, gegen die sie gelaufen war, stand nun zwischen ihr und dem Tisch, dafür waberte der Rauch nur noch kniehoch über dem Boden. Die junge Frau musste eine Halluzination haben, denn es schien, als würde der Kerl ab dem Bauchnabel abwärts mit dem Rauch verschmelzen und verlief nicht eine Schwade in die Lampe – oder doch eher heraus?

„Ihr habt gerufen, Herrin?"

Mit einem süffisanten Grinsen musterte er Mina von Kopf bis Fuß, ehe er sie abschätzig ansah.

„Ich wüsste nicht. Bitte verlassen Sie sofort meinen Laden sonst muss ich die Polizei rufen."

Er verdrehte die Augen und blieb stur stehen.

„Ist das Euer Wunsch, Herrin? Dann bleiben noch zwei."

Verwirrt sah sie den Kerl nochmal an. Welche Drogen hatte der denn genommen?

„Für was halten Sie sich denn? Raus hier, habe ich gesagt! Verschwinden Sie!"

Schulterzuckend löste der Kerl sich in Luft auf, nein das stimmte nicht. Er löste sich in dem dicken Rauch auf der mit einem Pfeifen in der Lampe verschwand. Mina hatte plötzlich das Gefühl, sich dringend setzen zu müssen, aber nicht neben diese seltsame Funzel. Mit zittrigen

Beinen stakste sie raus und ließ sich auf einen Hocker sinken, den sie eigentlich für ältere Kunden hingestellt hatte.

Entweder war der Kaffee schlecht gewesen, oder sie hatte gerade eine Begegnung mit einer Wunderlampe gehabt. Hysterisch lachte sie auf. Eine Wunderlampe - wenn sie das jemandem erzählte, wäre ihr der Aufenthalt in einer Psychiatrie sicher!

„Reiß Dich zusammen! Du hast sicher was Verdorbenes gegessen oder es ist wirklich nur sowas in der Art wie ein Flaschengeist. Kein Grund hysterisch zu werden. Du hast noch einen Laden zu führen!", schimpfte sie leise mit sich. Manchmal half ihr das, um nicht total den Boden unter den Füßen zu verlieren.

Lampenbewohner

Was bei allen… war das gewesen?! Er spürte den Sog nach draußen und machte sich für den nächsten Sterblichen bereit. Es war ohnehin immer dasselbe was sie sich wünschten. Reichtum, Macht, Frauen oder Männer und Monumente. Aber in beinahe dreitausend Jahren war noch keiner in ihn hineingerannt oder hatte ihn derart angeblafft wie die Sterbliche heute.

Griesgrämig tigerte die Gestalt in seinem Gefängnis umher. Zusätzlich zu den einfachen Umgangsregeln würde er ihr schon noch die Ehrfurcht beibringen, die sie vor einem solch mächtigen Wesen wie ihm haben sollte. Doch das ginge nur, wenn sie ihn herausließ. Seufzend nahm er auf seinem Lesesessel Platz und schnappte sich sein Buch. Die Sterblichen nannten es "1001 Nacht". Die Wesen, die darin vorkamen, hatte er alle schon getroffen. Seinerzeit war er selbst Vorbild für eine Figur in den Geschichten gewesen – den Dschinn von Aladdin. Einst hatte es ihm einer seiner Herren geschenkt, bevor er den zweiten Wunsch aussprach. Eigentlich war seine gesamte Einrichtung eine Ansammlung von Geschenken seiner ehemaligen Herrinnen und Herren. Wobei die wenigen Frauen stets großzügiger waren als die Männer, was nicht zuletzt an seinen willkommenen Sonderdiensten lag. Wenn er es richtig anstellte könnte er vielleicht auch mit der neuen Herrin seinen Spaß haben. Sie war sogar recht passabel anzusehen gewesen. Da sie nicht sonderlich intelligent auf ihn gewirkt hatte, wäre es ihm sicher ein Leichtes, ihr den Wunsch nach seiner Befreiung einzureden. Noch während das gefangene Wesen seine finsteren Pläne schmiedete, wurde er wieder nach draußen gezerrt.

Diesmal stand seine neue Herrin mit vor der Brust verschränkten Armen da und wartete, bis er sich materialisiert hatte. Verwirrt sah der Unsterbliche auf die Menschenfrau, die plötzlich gar nicht mehr so minderbemittelt wirkte.

Mina

„Bevor Du anfängst, mich zuzutexten, beantworte mir eine Frage. Ist es wahr, was man über Wunderlampen und die darin lebenden Geister sagt?"

„Ist das Euer erster Wunsch Herrin? Dann müsst Ihr das als Wunsch formulieren."

„Nein. Das war eine ganz normale Frage. So etwas nennt man Konversation."

Minas Stimme hatte einen triefenden Unterton, der ihren unerwünschten Untermieter sichtlich irritierte.

„Kennst du das nicht?"

„Was meint Ihr, Herrin?"

„Konversationen, Zynismus, Ironie und Sarkasmus?"

„Natürlich sind mir diese Begriffe bekannt."

Seine Miene wechselte von verwirrt zu verärgert und die dunkeln Augen schienen Blitze zu sprühen. Überhaupt war es schlagartig kalt geworden in dem kleinen Arbeitszimmer.

„Gut, dann fangen wir von vorne an. Wie ist dein Name? Ist es wahr, was man sich über Wunderlampen und ihre Bewohner erzählt? Wie funktioniert das mit den Wünschen? Was genau bist du?"

Das Ding zog überheblich grinsend eine Augenbraue nach oben und blieb stumm stehen. Langsam wurde Mina dieses Spielchen zu blöd.

„Weißt du was? Ich kann auch anders! Verschwinde in deine Kamuffe und komm erst wieder heraus, wenn du bereit bist, meine Fragen zu beantworten! Das ist Kindergarten, was du da abziehst!"

Mit einer harschen Geste wies sie auf die Lampe und er wurde hineingesaugt. Mina bedachte das Geisterding nochmal mit einem grimmigen Blick, ehe es ganz verschwunden war und sie den Tresor freiräumte um das kostbare Gut darin zu verstauen. Seltsam, fand sie, dass der Raum sich wieder normal aufheizte nachdem sie den Dschinn in die Öllampe geschickt hatte. Eines war gewiss, sie musste auf der Hut sein. Irgendwas an dem Kerl war ihr nicht geheuer. Was sie auch unbedingt herausfinden musste, war, wie sie das Ding wieder loswurde – nur für den Notfall.

Seufzend goss sie sich noch eine Tasse Kaffee ein und widmete sich ihrem Tagewerk. Der Tag zog sich unangenehm in die Länge, denn die Neugier nagte an ihr. Was war das für ein Wesen in der Lampe? War er gut oder böse? Am frühen Nachmittag gab sie sich der Neugier geschlagen und schloss den Laden vorzeitig. Wie die sprichwörtliche Katze um den heißen Brei tigerte sie vor dem Tresor auf und ab, bis sie es nicht mehr aushielt und die Lampe herausnahm. Vorsichtig rieb sie mir den Fingerspitzen daran und sofort drang der dunkle Rauch hervor. Wieder flackerte das Licht, die Uhr über dem Schreibtisch drehte durch, der alte Gong erklang und plötzlich stand er da. Sein Blick lag auf ihr und sie verschränkte instinktiv die Arme vor der Brust.

„Ihr habt gerufen, Herrin?"

Seine Stimme hatte ein angenehmes Timbre, was einen leichten Schauer durch ihren Leib schickte der sich zwischen ihren Schenkeln zu einem Prickeln sammelte.

„Versuchen wir es noch einmal mit einer gepflegten Konversation. Mein Name ist Mina, nicht Herrin. Wie heißt du?"

Die dunklen Augenbrauen wurden zusammengezogen, ehe der Kerl anfing zu grinsen.

„Namen haben Macht, müsst ihr wissen. Nun kenne ich euren Namen, Mina, das verleiht mir Macht über euch."

Wie um es ihr zu beweisen, packte er blitzschnell ihr Handgelenk und sie verspürte einen Schwindel. Als sie wieder bei Sinnen war, befand sie sich in einer mehr oder weniger gemütlichen Umgebung, die sie nicht kannte. Mina sah sich um. Ein Satinbezogenes, schwarzes Himmelbett dominierte den Raum, in einer Ecke stand ein bequemer Sessel mit Leselampe, auf der anderen Seite befand sich ein niedriger Tisch mit Sitzkissen darum. Weiche Teppiche lagen auf dem Boden und durch eine Art Fenster konnte sie hinaussehen. War das nicht ihr Schreibtisch dort draußen? Widernatürlich groß, aber definitiv ihr Schreibtisch!

Ein anderer Gedanke kam ihr, der sie grausen ließ. Wenn der Kerl ihr was antat, fiele es nicht einmal auf, da sie niemand hatte, der sie vermissen würde.

„Setzt euch, Mina, so ist es bequemer und nicht so kalt wie da draußen."

Sein Atmen strich sanft über ihren Nacken und eine Gänsehaut bildete sich an ihren Armen. Mit einer Hand wies er an ihr vorbei auf ein Sitzkissen. Zögernd ging sie hin und setzte sich.

Lampenbewohner

Er nahm ihr gegenüber still Platz und betrachtete sie einige Momente lang.

„Bevor ihr Euch etwas wünscht, muss ich euch die Regeln erklären. Es ist recht einfach. Ihr habt drei Wünsche zu Gute, die ich erfüllen muss, wenn ihr mir eine kleine Gegenleistung bietet. Was Ihr mir bietet, ist eure Entscheidung und ob ich es annehme, bleibt mir überlassen. Kommt der Tausch zustande, stehe ich in eurer Pflicht."

„Wo ist der Haken?", fragte sie leise.

Der Lampengeist lehnte sich bedächtig zurück und zwirbelte seinen geflochtenen Kinnbart. Sollte er es ihr wirklich verraten? Während er mit sich rang, sah Mina ihn unverwandt an. Sie nagte an ihrer Unterlippe und bot damit ein derart unschuldiges Bild, dass ein lang vergessenes Gefühl in ihm aufkeimen ließ – Hoffnung. Mit einem Seufzen gab er diesem Gefühl nach und beschloss ihre Frage zu beantworten.

„Der Haken ist folgender, Mina: Wenn ich euch alle Wünsche erfüllt habe, müsst ihr den Platz mit mir tauschen und ich bin frei. Also, entweder verschwendet ihr einen Wunsch an meine Freiheit – aber es darf nicht der letzte sein - oder ihr macht es wie die anderen und gebt die Lampe weiter. Dabei ist wichtig, dass eine

Rückgabe ausgeschlossen ist, denn sonst werdet ihr die Verantwortung um den letzten Wunsch nicht los."

Wie ein verschrecktes Reh sah sie ihn mit großen Augen an und knetete die Hände im Schoß. Sie hatte sogar aufgehört auf der Lippe zu kauen, was er insgeheim schade fand.

„Muss ich mir denn was wünschen?", ihre Stimme zitterte ein wenig.

„Nein müsst ihr nicht, solange wir keinen Handel eingegangen sind."

„Wenn wir keinen Handel machen, muss ich die Lampe dann wieder weggeben?"

„Nein, müsst ihr nicht. Es sei denn, ihr wollt es tun, weil meine Anwesenheit euch zu sehr stören würde."

„Was genau bist du eigentlich? Soweit ich weiß, verlangen Flaschengeister keine Gegenleistung."

„Mein Vater war ein Flaschenteufel, meine Mutter eine Dschinna."

„Ein Flaschenteufel ist eine kleine Glasfigurine, die man in eine Flasche mit Flüssigkeit macht. Ein Spielzeug. Es ist nicht nett, dass du versuchst, mich zu veralbern."

Sie verschränkte die Arme vor der Brust und sah ihn böse an.

„Soll ich euch ein Bildnis meiner Eltern zeigen?"

Ohne auf eine Antwort zu warten ließ er mit einer Geste ein winziges Gemälde auf seiner Hand erscheinen. Kaum hielt er es Mina hin wuchs es auf normale Leinwandgröße heran. Erstaunt sah sie darauf.

Mina

Eine wunderschöne, junge Frau mit schwarzen Augen und braunen Haaren lächelte ihr entgegen. Wenn man von dem durchscheinenden Schleier, den Pluderhosen und dem Rauch hinab in eine Öllampe absah, wirkte sie ganz normal. Der Mann neben ihr sah grimmig aus dem Bild. Schwarze Haare, dunkle Augen, ein geflochtener Kinnbart und ein muskulöser nackter Oberkörper um den Flammen zu züngeln schienen. Auch er trug eine Pluderhose, aber anstelle von Rauch verschmolz er mit einem Inferno aus einer kürbisförmigen Flasche. Peinlich berührt reichte sie das Gemälde zurück und es schrumpfte in seinen Händen wieder auf Miniaturgröße.

„Es tut mir leid, dass ich dir nicht geglaubt habe."

Mina knetete schon wieder ihre Hände auf dem Schoß, doch wurde das jäh unterbrochen von einer warmen und bestimmten Hand.

„Lasst das. Eine solch schöne Frau sollte sich nicht derart grämen. Sagt, was ich tun kann, damit ihr euch wieder wohl fühlt?"

Wieder schickte seine Stimme ein angenehmes Kribbeln durch ihren Körper und ehe sie darüber nachdachte, äußerte sie ihren intimsten Gedanken.

„Schlaf mit mir."

„Ist das euer erster Wunsch, Mina?"

Klang da etwa ein Lauern in der erotischen Stimme? Schlagartig war sie wieder abgekühlt. Wie konnte sie sich nur derart gehen lassen? Vor ihr saß ein fremder Mann und sie würde auch für einen Lampengeist nicht ihre strengen Prinzipien brechen - kein Sex vor dem sechsten Date.

„Nein, lass gut sein. Ich weiß nicht, was mich da geritten hat. Bitte bring mich wieder raus, ich muss meinen Laden noch abschließen und saubermachen. Wenn es dir nicht zu kalt ist, kannst du gerne mit rauskommen und mir Gesellschaft leisten."

Einen winzigen Moment schien sich sein Gesicht zu einer wütenden Fratze zu verziehen, doch war das so schnell vorbei, dass Mina sich nicht sicher war, es wirklich gesehen zu haben.

Er erhob sich und half ihr galant beim Aufstehen. Kurz wurde ihr wieder schwindlig, dann stand sie vor ihrem Schreibtisch. Als Mina sich zu ihrem Lampenbewohner umdrehte, sah sie wieder, wie sein Gesicht sich verzog, doch diesmal war sie sich ziemlich sicher, dass es keine Einbildung gewesen war.

„Wenn dich etwas verärgert, kannst du es mir ruhig sagen" sagte sie und der Kerl sah sie verwirrt an.

Lampenbewohner

Wie sollte er ihr erklären, dass er ein gravierendes Problem hatte und sie in Gefahr war?

„Ihr verärgert mich nicht, es ist eine andere Sache die mir nahegeht. Entschuldigt mich, ich brauche etwas Ruhe."

Fluchtartig verschwand er in seiner Lampe.

Gravierend passte in seinem Fall sogar doppelt gut, denn die Gravitation des roten Sterns machte ihm zu schaffen. Es war auch so schon jeden Tag ein Kampf um die Balance zwischen Dschinn und Flaschenteufel, doch im Licht des roten Sternes gewann die dunkle Seite in ihm. Seit sich der Lampenbewohner dessen bewusst war, hielt er sich in dieser Zeit von weiblichen Wesen fern, denn der Teufel in ihm war sadistisch und narzisstisch. Wenn *er* seinen Spaß wollte, hatten Frauen nichts zu lachen. Diesmal schien es besonders schlimm zu sein, wenn sogar Mina die noch kurzen Wechsel schon bemerkte. Er sah hinaus, wo sie über ihren Schreibtisch gebeugt stand und angestrengt auf einige Papiere starrte.

Um sich auf andere Gedanken zu bringen, ging er wieder zu seinem Lesesessel und setzte sich hin. Wie von alleine erschien das Gemälde seiner Eltern vor ihm. Wenn er Mina doch nur irgendwie die wahre Natur des Bildes offenbaren und sie so warnen könnte! Er wusste, dass die Sterbliche nicht alles gesehen hatte. So war zum Beispiel die Klinge an Mutters Hals mit magischer Tinte gemalt und für Menschen nicht sichtbar. Ebenso wenig wie ihr ängstlicher Gesichtsausdruck und der voll erigierte Penis seines Vaters. Erneut drückte sich seine andere Seite durch.

"Ah, endlich ein Weibsbild, ich befürchtete schon fast, du wärst schwul geworden. Egal, bald schon werde ich höllischen Spaß mit ihr haben! Höllisch - verstehst Du den Witz, du Weichei?"

Noch konnte er *ihn* zurückdrängen, bloß wie lange dauerte es, bis ihm das nicht mehr gelang? Die Wechsel kamen bereits in sich verkürzenden Abständen, was er sich besorgt eingestehen musste. Doch wieso störte ihn das diesmal so sehr? Er selbst war auch nicht gerade das Vorzeigebeispiel für Romantik und Liebe. Es musste an Mina liegen. Eine andere Erklärung wollte ihm partout nicht einfallen. Was hatte diese Frau an sich, dass es alle Seiten von ihm dermaßen ansprach? Als Dschinn war es seine Pflicht, ihr zu dienen und ihre Wünsche zu erfüllen. Als Teufel wollte er sie in Versuchung bringen, sie jammern und betteln hören und als Mann wollte er sie schützen und sich tief in ihrer heißen Mitte versenken. Seufzend schlich der Lampengeist zu seinem Bett. Von hier aus hatte er eine perfekte Aussicht auf Minas Kehrseite, was seine Fantasie weiter anstachelte bis er Hand anlegen musste, um etwas zur Ruhe kommen zu können. Doch kaum hatte er einige feste Striche getan, spürte er den Sog nach draußen und schaffte es gerade noch, den Bund seiner Pluderhose über die harte Erektion zu ziehen. Wieder stand sie mit verschränkten Armen vor ihm und starrte ihn an.

Mina

An das durchgeknallte Verhalten der Dinge in ihrem Lädchen bei seinem Erscheinen konnte sie sich gewöhnen, an den Anblick hingegen nicht. Der Rauch, mit dem der Dschinn erschien, war von roten Funken durchzogen und sie konnte diesmal weit mehr sehen als nur den Oberkörper. Von seinem Bauchnabel abwärts zog sich eine Spur dunkler Haare, die unter dem breiten Hosenbund verschwand. Mina spürte die Hitze in ihre Wangen schießen, als ihr Blick auf die eindeutige Ausbuchtung der Hose fiel.

„Ihr habt gerufen, Herrin?"

Sie musste sich räuspern.

„Du sollst mich doch nicht Herrin nennen! Ja, ich habe dich gerufen. Erklär mir die Sache mit dem Handel bitte etwas genauer und beantworte mir endlich meine Fragen. Irgendwann müssen wir einen Anfang machen, um miteinander auszukommen – es sei denn, du willst samt deiner Lampe in meinem Tresor Staub ansammeln?"

Täuschte sie sich oder züngelten da Flammen auf und sein Gesicht änderte sich auch wieder?

„Ihr wollt also Antworten, WEIB, verdient sie Euch!"

„Wie bitte?!", fauchte Mina ihn an.

Plötzlich wirkte er wieder normal, aber total verstört.

„Bitte Mina, vergesst, was er gesagt hat. Schließt mich weg, bringt euch in Sicherheit. Ein andres Mal…"

„…ficke ich euch, bis ihr meinen Namen schreit", sagte sein Fratzengesicht.

„Nein, bitte, ich muss…", jammerte er.

„…mir einen runterholen, weil Ihr nichts taugt, WEIB!", knurrte er mit der Fratze, die sich ganz schnell wieder in sein normales Gesicht änderte.

Noch bevor sie zu einer Antwort ansetzen konnte, die sich gewaschen hatte, verschwand der chauvinistische Dreckskerl samt seinem seltsam funkenden Rauch pfeifend in der Lampe. Perplex starrte sie das antike Ding noch einige Sekunden an, ehe sie es schnappte und wirklich in den Tresor schloss. Missmutig machte sie sich an ihre abendliche Routine. Was hatte der Kerl bloß für ein Problem? Sein Anblick mit der ausgebeulten Hose kam ihr in den Sinn. Sie spürte das Pochen zwischen ihren Schenkeln und die Hitze in ihren Wangen. Scheinbar hatte sie zu lange keinen Mann mehr gehabt, wenn sie selbst nach einem solchen Auftritt noch die Erregung packte.

Einige Zeit später war sie auf dem Weg in ihre Stube. Im Arbeitszimmer blieb Mina kurz nachdenklich stehen und sah zum Tresor. Irgendwie konnte sie dem Lampengeist, oder was auch immer er war, nicht lange böse sein. Einer Intuition folgend nahm sie nochmal die Lampe aus dem Tresor und rief den Bewohner. Seltsamerweise blieb diesmal das Theater der Dinge im Laden aus. Verwundert sah sie auf die Uhr und stellte fest, dass sie stehen geblieben war. Nichts regte sich, außer dem nun tiefschwarzen Rauch, der mit Flammen durchzogen war.

„Du hast gerufen, WEIB?"

Vor ihr stand er in seiner ganzen nackten Pracht. Sein Penis war halbsteif und sie musste bei dem Anblick schlucken. Erst nach einigem Räuspern traute Mina ihrer Stimme soweit, dass sie eine Frage stellen konnte.

„Wieso benimmst du Dich so komisch?"

„Wieso benimmst du Dich so komisch?", äffte er sie mit gekünstelter Stimme nach.

„Weil ich es kann. Wieso kommst du deiner Pflicht als Frau nicht nach und bedienst mich?"

Was bildete der sich ein? Doch wie er so süffisant grinsend sein Glied bearbeitete machte sie schon etwas an. Okay eigentlich sogar sehr.

„Weil ich Prinzipien habe. Kein Sex vor dem sechsten Date."

„Wer sagt denn, dass du Sex haben wirst? Du sollst mich befriedigen, WEIB, nicht ich dich! Und jetzt komm her und nutze Deinen Mund endlich für etwas Sinnvolleres als endloses Geschwätz!"

Er machte eine harsche Geste mit der Hand und sie spürte, wie ihre Füße sich in Bewegung setzten. So sehr sie sich auch sträubte, kam Mina nicht dagegen an, bis sie direkt vor ihm stand. Grob drückte er sie auf die Knie und zwang ihren Mund auf. Doch statt ihr seine Härte hineinzuschieben, verschwand der Zwang und Druck plötzlich und ein entsetztes Keuchen drang von oben herab. Sein Gesicht wirkte wieder normal und die Augen waren schreckgeweitet.

„Mina, ruft mich die nächsten Tage nicht mehr. Bitte, ihr seid nicht sicher in meiner Gegenwart!"

Doch als er sich wieder verdampfen wollte, rief sie: „STOP!"

Er erstarrte, halb aufgelöst. Nur noch seine Schultern und der Kopf waren zu sehen.

„Sag mir, was mit dir los ist, und ich lasse dich gehen."

Mina hatte sich wieder aufgerappelt und stand mit verschränkten Armen vor ihm.

„Erinnert ihr Euch noch an das Bild meiner Eltern? Ich bin wirklich das Kind eines Flaschenteufels. Wie Ihr sicher wisst, sind Teufel nicht unbedingt für ihre Freundlichkeit bekannt geworden."

Sein Blick war flehentlich, doch konnte sie ihm diesmal nicht nachgeben. Endlich hatte Mina die Chance auf eine Antwort.

„Was willst Du mir damit sagen?"

„Was ich sagen will, WEIB - ist ..."

„...einer der Planeten beeinflusst mich und gibt dem Teufel die Macht, hervorzudrängen. Alles was er tut, kann ich in der Zeit nicht beeinflussen, denn..."

„...er ist schwach und ein Weichei! Deshalb werde auch ich es sein, der dich fickt, WEIB, und jetzt komm her!"

Schon begann er sich wieder zu materialisieren und sie sah, dass die Flammen im Rauch sich vermehrt hatten.

„Verschwinde in deine Lampe!" schrie sie und die Fratze verzog sich wütend.

„Das wirst Du mir büßen, WEIB!"

Doch kurz bevor er verschwand, sah sein normales Gesicht sie an.

„Danke."

Lampenbewohner

„Du schwanzloses Weichei! Fast wäre sie mir zu Diensten gewesen!"

„Nein, ich will das nicht! Und vor allem nicht so!"

„Was Du willst, interessiert mich nicht! Zum Glück bin ich Dich bald schon los und mit der Frau zusammen habe ich endlich die Chance, dass es diesmal für immer ist."

Mit einem leisen Wimmern ließ er sich auf den dicken Teppich sinken. Hoffentlich hörte Mina auf seine Warnung und schloss die Lampe für einige Tage weg, sodass sie sicher war. Der teuflische Anteil von ihm nahm immer schneller überhand. Wie lange er ihm noch standhielt konnte der Dschinn beim besten Willen nicht sagen. Doch so schnell wie diesmal waren die Wechsel noch nie vonstattengegangen.

Wie von selbst kam ihm Minas Anblick in den Sinn, als er sich wieder hervorgekämpft hatte. Vor seinen Beinen kniend, die Augen geschlossen mit seinem Daumen im Mundwinkel um ihr seine Härte hineinschieben zu können. Das Erste was er wahrnahm, ehe er etwas sehen konnte, war der Geruch ihrer Lust. Auch ihn hatte ihr Anblick heiß gemacht - aber das Wissen, dass der Flaschenteufel sie sicher dazu gezwungen hatte, ließ ihn entsetzt aufkeuchen. Dadurch hatte er den Moment zerstört und saß nun allein in der Lampe. Sein Geschlecht regte sich fordernd, aufgrund der Erinnerung an die heiße Situation zuvor und er musste sich Erleichterung verschaffen. Ein Gedanke ließ ihn dabei nicht los. Konnte es wirklich sein, dass Mina beherrscht werden wollte? Gab es Frauen, die auf das düstere Verhalten des Flaschenteufels standen?

„Du wirst die Frauen nie verstehen, weil Du schwach bist – nur durch den Schwanz zwischen Deinen Beinen von einem WEIB zu unterscheiden!"

Gehässiges Gelächter scholl durch den Raum, ehe es von einem weiteren Wimmern unterbrochen wurde.

Verzweifelt versuchte der Dschinn sich an der Oberfläche zu halten, um Mina so viel Zeit wie nur möglich zu verschaffen, ehe der Flaschenteufel freikommen konnte.

„Bloß, weil ich Frauen nicht meinen Willen aufzwinge, bedeutet es nicht automatisch, dass ich mich mit ihnen gleichstelle!"

Doch rasch wurden die Lücken in der Dunkelheit kleiner, bis er mit einem letzten verzweifelten „Bitte verschone sie!" unterging.

„Ah endlich ist Ruhe! Der Stern ist nahe und das WEIB willig. Zeit mir meine Freiheit zu holen und Spaß zu haben!"

Als Flaschenteufel hatte er gänzlich andere Fähigkeiten wie der verweichlichte Dschinn und so verließ er das Gefängnis des Lampengeistes ohne Mühe.

Etwas verwirrt schwirrte der magische Rauch durch einen dunklen Raum. Was war das? Wo war er?

Unruhig und gereizt beschloss er sich einen Weg zu bahnen und kundschaftete die Schwachstelle dieses seltsamen Raumes aus. Schnell hatte der Flaschenteufel festgestellt, dass auf einer Seite das Material druckanfälliger war, als an den anderen Wänden.

Kurz darauf flog mit einem lauten Knall die Tür des Tresors gegen den Schreibtisch, der dem Ansturm des schweren Metalls nicht standhielt und zusammenbrach.

Mina

Mina die schon geschlafen hatte, schrak durch den Lärm auf. Mit zitternden Händen suchte sie nach einer Waffe, fand diese in Form eines alten Besenstiels und schlich vorsichtig die Stiege hinauf um nachzusehen was da los war. Dicker schwarzer Rauch nahm ihr die Sicht, als sie das Arbeitszimmer betrat. Mit klammen Fingern tastete Mina sich an der Wand entlang Richtung Durchgang zum Laden. Hoffentlich war den Antiquitäten nichts geschehen! Doch bereits nach wenigen Schritten stolperte sie über einen harten Gegenstand und fiel fluchend hin. Verwirrt befühlte sie die Stolperfalle und stellte fest, dass es sich um ein kantiges Stück aus Holz handelte. Hinter ihr tauchte eine Präsenz, auf die sie erzittern ließ. Schon spürte sie die Hitze und hörte das Knistern der Flammen. Da legte sich eine warme Hand um ihren Hals und zog sie hoch bis sie auf Zehenspitzen stehen musste.

„Ah WEIB, da bist Du ja. Nun können wir ungestört dort weitermachen, wo Du aufgehört hattest. Komm wir machen es uns ein wenig gemütlicher."

Wieder wurde ihr schwindelig, ob durch den Mangel an frischem Sauerstoff oder durch etwas anderes konnte sie aber nicht sagen, weil sie bewusstlos wurde.

Endlich kam Mina zu sich und stellte fest, dass sie gefesselt auf einem großen schwarzen Bett lag. Ihr Blick zuckte panisch umher, bis sie den Innenraum der Lampe wiedererkannte. Wenn es wirklich stimmte was der Dschinn gesagt hatte, war sie offenbar die Gefangene seiner teuflischen Seite.

Doch wo war ihr Entführer? Wieder sah Mina sich um, ohne ihn jedoch entdecken zu können. Eine weitere Frage beschäftigte sie nun. Wie war der Kerl aus der Lampe und dem Tresor gekommen? Ein leises Knistern ließ sie aufhorchen. Plötzlich stand ihr Entführer neben dem Bett.

„Ah WEIB, wie ich sehe bist Du endlich wach. Mein Spaß wäre doch arg gemindert worden, wenn Du alles verschlafen hättest."

Mit provokanter Langsamkeit zog er die Hose über sein Becken runter und ließ sie zu Boden gleiten. Ergeben schloss Mina die Augen. Jetzt würde er gleich über sie herfallen und sich nehmen nach was auch immer es ihm stand. Dagegen tun konnte sie nichts, also blieb ihr nur es über sich ergehen zu lassen und zu hoffen er wäre schnell fertig.

„Sieh mich an!"

Sein harter Tonfall ließ die junge Frau erschrocken die Augen aufreißen. Obwohl sie es nicht wollte, wanderte ihr Blick über seinen

Körper. Das dunkle Haar war eindeutig zu lang, doch sein finsterer Gesichtsausdruck und der geflochtene Bart sprachen tief in ihrem Innern etwas an. Weiter hinab wanderte sie mit den Augen, nahm die muskulöse Brust mit der leichten Behaarung wahr, folgte der feinen Spur am Bauchnabel hinab bis zu dem Nest dunkler Locken, indem sich langsam sein Geschlecht aufrichtete. Zwischen ihren Schenkeln begann es zu pochen.

„Gefällt Dir was Du siehst, WEIB?"

Obwohl sie eigentlich den Kopf schütteln wollte, musste Mina nicken. Was hatte der Kerl mit ihr gemacht, während sie bewusstlos war?

Lampenbewohner

Mit großen Augen sah die Frau ihn an. Langsam schien ihr bewusst zu werden, dass sie ihm hilflos ausgeliefert war.

„Sag es WEIB! Gefällt Dir mein Leib?"

„Ja!", hauchte sie mit zitternder Stimme.

Zufrieden nickte der Flaschenteufel und schob ihr mit sanftem Druck den Daumen in den Mund. Fast schon zu willig ließ sie es über sich ergehen. Doch als er seine Härte zwischen ihre sündigen Lippen schieben wollte, ging es nicht. Ein Gefühl lenkte ihn ab, störend und verwirrend. Wenn er es hätte benennen müssen, würde er es wohl Mitleid nennen – oder Mitgefühl? Kurz schüttelte es den uralten Leib vor Ekel, ehe er voller Grimmigkeit erneut begann sein Vorhaben in die Tat umzusetzen. Sie hatte wieder die Augen geschlossen und lag gefesselt vor ihm. Langsam drängte er seinen nur noch halbsteifen Penis in den Mund der Frau. Wieder wollte das ungewohnte Gefühl ihn stören, doch er verscheuchte es. Sicher kam das von dem verweichlichten Dschinn in ihm. Doch bald war er auch diesen nervigen Rest des Weicheis los.

„Na los WEIB, verwöhne mich!"

Zaghaft glitt ihre Zunge über seine empfindliche Spitze und sie begann zu saugen. Es erregte ihn zusätzlich zu sehen, wie sie versuchte dagegen anzukämpfen. Eine Weile begnügte der Flaschenteufel sich mit diesem Anblick, ehe er beschloss, dass es reichte. Er zog sich aus ihrem Mund zurück und genoss ihren verwirrten und besorgten Gesichtsausdruck. Sein Problem war nur, solange sie es nicht ausdrücklich äußerte, konnte er sich nicht richtig mit ihr vergnügen. Natürlich würde er ihr das nicht erzählen, aber mit etwas Glück konnte er die Frau so manipulieren, dass sie einen Wunsch verbrauchte und er Spaß haben konnte.

„Genug gespielt WEIB, lass uns zum geschäftlichen kommen. Sag „ich wünsche mir…"!"

Gehorsam sprach sie die Worte nach, noch immer in seinem Bann stehend.

„Ich wünsche mir…"

„Jetzt sag „, dass Du mich fickst!"

Mit diabolischen Grinsen sah er wie sich ihre Augen weiteten. Doch auch diesmal sprach sie die Worte nach.

„Dass Du mich fickst."

Aber anstatt das Drängen des Wunschs zu spüren - geschah nichts. Verwirrt sah er auf die Menschenfrau hinab. Konnte es wirklich sein, dass der Dschinn noch keinen Handel mit ihr hatte?

„Sag mir Deinen Namen WEIB!", forderte er mit grimmiger Miene, doch sie schwieg. Er spürte wie sie seinem Bann entglitt und schon sah er das angriffslustige Funkeln in ihren Augen.

„Nein!"

Wie konnte sie es wagen?! Ein grober Griff in ihre Haare ließ sie wimmern, doch gab sie keinen Deut nach.

„Sag ihn mir WEIB, dann lasse ich Dich auch gehen!"

„Nein, solange Du meinen Namen nicht weißt hast Du keine Macht über mich!" spie sie ihm entgegen. Er stieß die Frau angewidert von sich und wandte sich ab. Einen Moment später war sie mit einem magischen Knebel versehen. Dieser dumme Dschinn! Wie konnte er ihr das bloß verraten?! Wütend stampfte er durch den Raum. Kein Handel, kein Wunsch. Er musste sie irgendwie zu einem Handel bringen, damit sie gezwungen war ihre Wünsche auszusprechen! Nur wie sollte er das anstellen? Nachdenklich geworden sah er auf die zierliche Gestalt in dem dunklen Bett.

Mina

Schlagartig fiel der Zwang von ihr ab, als er Mina befahl ihm ihren Namen zu nennen. Was der Dschinn ihr gesagt hatte, bevor er sie in die Lampe zerrte, kam ihr in den Sinn: „Namen haben Macht… Nun kenne ich euren Namen, Mina, das verleiht mir Macht über euch."

Diesmal würde sie nicht so naiv sein und ihren Namen nennen!

Der Kerl stand etwas abseits und sah sie an. Seine Miene wirkte nicht gerade vertrauenserweckend und so beschloss sie abzuwarten, was er als nächstes vorhatte.

Wie ein Raubtier das auf seine Beute lauerte, kam er langsam wieder näher. Er machte eine Geste mit der Hand und der Knebel war weg.

„Sag mir was Du willst Frau und ich will sehen ob ich es bewerkstelligen kann."

Alarmiert horchte sie auf, er hatte sie nicht als Weib gescholten. Irgendwas führte er im Schilde!

„Nenn mir Deinen Namen, dann denke ich darüber nach Dir meine Wünsche zu verraten", antwortete Mina mit einem lasziven Grinsen. Sie sah wie er schon zu einer Antwort ansetzte, ehe er die Lippen aufeinanderpresste.

„Schlaues WEIB! Beinahe wäre ich darauf reingefallen, leider kann ich Dir keine Antwort geben- wie Du sicher verstehen wirst."

Irgendwie musste sie seinen Namen herausfinden! Der direkte Versuch war gescheitert, also hieß es sich den nächsten zu überlegen. Er setzte sich neben sie auf die Bettkante und betrachtete ihren Körper voller Verlangen, aber er nahm sich nicht wonach es ihm stand. In der ersten Verwirrung darüber sprach sie ihren Gedanken laut aus.

„Wieso nimmst Du Dir nicht einfach, wonach es Dir steht? Ich sehe doch wie sehr Du mich willst."

Mit einer wütenden Miene sprang er auf und ging durch den Raum.

„Weil ich es nicht kann, WEIB. Diesen Fluch hat mir der verweichlichte Dschinn eingebrockt. Nur wenn eine Frau einwilligt, oder mir ihren Namen genannt hat, kann ich sie verführen."

„Wenn ich es richtig verstanden habe braucht es doch einen Handel, damit Du aktiv werden kannst?"

Mit grimmiger Miene nickte er, die Lippen zu einem dünnen Strich zusammengekniffen.

Plötzlich fühlte Mina sich mächtig. Sie hatte es in der Hand, wie ihr Schicksal ab hier weiterging.

Mutig machte sie einen Vorschlag von dem sie hoffte er würde darauf eingehen.

„Ich schlage Dir einen Handel vor Teufel. Nenn Du mir Deinen Namen, dann nenne ich Dir meinen und wir kommen überein."

Sein Blick schien sie zu durchbohren. Man sah ihm an, dass er angestrengt nachdachte.

„Ich brauche Zeit um das zu bedenken. Bis dahin wirst Du schlafen WEIB."

Das Letzte was sie mitbekam, war eine feine Staubwolke die ihr ins Gesicht flog, nachdem er sich über die Hand geblasen hatte.

Lampenbewohner

Dieses raffinierte Weib! Fast hätte er kopflos eingewilligt und sich ihr so auf Gedeih und Verderb ausgeliefert. Er musste ihren Namen als Erster erfahren, wenn er auf diesen Handel einging. Doch hatte sie diesen sicher bewusst so formuliert, dass er zuerst an der Reihe war. Wie konnte er das bloß umgehen, sollte er diesem Handel zustimmen? Da fiel ihm wieder ein, dass der Handel nicht nur für ihn verbindlich war. Dem Fluch des Dschinns sei es gedankt, so konnte keine der Parteien sich aus dem Deal mogeln nachdem zugestimmt wurde. Seine Schritte wurden langsamer und er näherte sich wieder dem Bett, auf dem die größte Sünde der Menschheit lag. Wer auch immer im Universum die Idee hatte den WEIBERN solche Leiber zu schenken sollte in dem ewigen Nichts verschmoren!

Noch immer war die Sterbliche gefesselt und schlief den magischen Schlaf, den nur er auflösen konnte. Der rote Stern stand in seinem Zenit und gab ihm absolute Freiheit über seinen Körper. Sanft strich er über das Gesicht der Frau, ehe seine Finger an ihrem Hals entlang glitten. Grob riss er ihr das Oberteil des Pyjamas auseinander und genoss den Anblick der in leichte Spitze gehüllten festen Brüste. Etwas verwundert hielt er inne, wie konnte eine Frau in diesem Alter noch kinderlos sein? Hatten sich die Bräuche so sehr geändert? Als er zum letzten Mal die Oberhand hatte, war es noch üblich, dass ein Mädchen nach der ersten Blutung vermählt und geschwängert wurde. Kurz schüttelte er den Kopf ehe er sich weiter seinem Werk widmete. Darüber erbost, weil er sich seine Erfüllung noch nicht nehmen konnte, zerrte er ihre Hose hinab, nur um auch hier auf die gleichen Spitze wie dem Büstenhalter zu sehen. Zwei schmale Streifen liefen um ihr Becken und hielten das kleine Dreieck, dass kaum ihre Scham bedeckte an seinem Platz. Schon regte sich sein Gemächt, ihr Duft betörte seine Sinne und er musste aufpassen der Frau nicht zu verfallen. Die Entscheidung ihren Handel anzunehmen war längst in ihm gereift und er löste den Schlafzauber auf. Während sie langsam wieder zu sich kam entfernte er rasch auf magischem Wege die Fesseln. Mit Genugtuung sah er ihren Blick, hörte das entsetzte Keuchen und roch ihren Anflug von Angst. Doch all dies war innerhalb eines Augenblicks vergangen, dann schien sie sich an seine unbedachten Worte zu erinnern und atmete richtiggehend erleichtert auf.

„Ich stimme Deinem Handel zu WEIB."

Schon spürte er den magischen Zwang der entstand, doch vorher wollte er sich noch an ihrer Reaktion weiden.

„Doch eines hat Dir der Dschinn sicher nicht gesagt; wird dem Handel zugestimmt, kann keiner von uns mehr einen Rückzug machen ohne zu sterben."

Wie erhofft, weiteten sich ihre Augen und sie sah ihn entsetzt an.

Der Zwang riss schon stark an seinen Eingeweiden und die Schmerzen wurden langsam unerträglich. Er musste ihr seinen Namen nennen, sonst würde es ihn bald zerfetzen!

„Mein Name ist Alamar und nun erfülle Deinen Teil des Handels WEIB!"

Mina

Es war als würden ihr Inneres Feuer fangen. Sie spürte den Drang ihren Namen zu nennen. Je länger sie zögerte umso stärker wurde das Brennen.

„War das mit dem Sterben Dein Ernst Alamar?", fragte sie leise. Sein ernster Blick und das stumme Nicken waren keine große Hilfe. Als sie eine Hand auf den Bauch legte, weil das brennende Gefühl noch mehr zunahm, konnte sie die Hitze bereits spüren. Entsetzt sah sie den Flaschenteufel an.

„Ich verbrenne? Weil ich Dir meinen Namen noch nicht genannt habe?"

Wieder nickte er stumm.

„Sag ihn mir und es geht Dir sofort besser. Du kommst nicht darum, es sei denn Du willst so jung schon sterben?"

Heuchelte er nur diese Freundlichkeit, oder meinte er es ernst? Mina schimpfte sich insgeheim eine dumme Pute. Wie konnte sie nur so blöd gewesen sein?! Natürlich hatte er den Handel angenommen, so bekam er ihren Namen und konnte anschließend mit ihr tun was ihm auch immer in den Sinn kam.

„Ich heiße Elvira" sagte sie und sah ihn fest dabei an. Hoffentlich würde er ihr diese Lüge abkaufen.

Doch ein mitleidiges Grinsen war alles was sie dafür erntete und das Gefühl, als wäre ein Molotowcocktail in ihren Eingeweiden explodiert.

„Monique ist mein Name", versuchte sie noch einmal eine Finte um sich vor der Ausspreche ihres Namens zu drücken. Doch wieder reagierte er nicht gerade so als wüsste er, dass sie log.

Ein sanftes rötliches Leuchten schimmerte durch ihre Bauchdecke und pulsierte im Takt mit ihrem Herzschlag. Sein Blick lag ebenfalls auf ihrem Bauch.

„Mir scheint Dir bleibt nicht mehr viel Zeit, WEIB."

„Was passiert mit Dir, wenn ich den Handel nicht einhalte und sterbe?"

„Nichts. Die Lampe sucht sich den nächsten Besitzer und alles beginnt von vorne. Aber es wäre schade um Dich, Frau."

Sanft sah er sie an. Ihr gesamter Körper glühte nun schon und die Bettwäsche begann diesen typischen Geruch nach verbranntem Stoff auszudünsten. An den Rändern ihrer Unterwäsche züngelten bereits die ersten kleinen Flammen von ihrer Haut empor.

„MINA! Ich heiße Mina!" schrie sie, als der Schmerz und die Angst wirklich zu sterben zu groß wurden.

Durch die plötzlich fehlende Hitze wurde ihr kalt.

Sie lag immer noch halb nackt auf dem Bett, aber das brennende Gefühl war verschwunden.

Vorsichtig betastete sie ihren Bauch und stellte erleichtert fest, dass sie weitestgehend unversehrt war.

„Mina, also."

Ihr Name tropfte wie warmer Honig von seinen Lippen. Sein Blick lag interessiert auf ihr und sie wurde sich der Anziehung zwischen ihnen noch mehr bewusst.

„Nun nenne mir Deinen ersten Wunsch, Mina!" forderte der Flaschenteufel mit einem bösartigen Lächeln. Doch das Gefühl des Zwangs hielt sich in akzeptablen Grenzen.

„Nein."

Verwirrt starrte er sie an.

„Komm her und verwöhne mich, Mina!"

Wieder hatte nutzte er diesen Befehlston, dem sie vorher nichts entgegensetzen konnte.

Trotzig streckt sie ihr Kinn vor.

„Nein! Stattdessen wirst Du mich wieder in MEIN Bett bringen, Alamar. SOFORT!"

Mina legte all ihren Mut und die leicht brodelnde Wut über seine Anmaßung in diesen Befehl.

Erstaunlicherweise knickte er ein.

„Ja Herrin" sagte er unterwürfig, aber sie sah das wütende Funkeln in seinen Augen. Konnte es wirklich sein, dass sie Macht über ihn hatte? Nur weil sie seinen Namen kannte? Bei Gelegenheit würde Mina dies noch ausgiebig testen, doch zuerst wollte sie wieder in ihre gewohnte Umgebung zurück. Die teure Unterwäsche war reif für den Müll und ihr Körper hatte dringend eine Dusche nötig um den verbrannten Geruch abzuwaschen.

Schon schwindelte ihr und als sie die Augen öffnete lag sie auf ihrem eigenen Bett. Ihr magischer Untermieter stand daneben und sah auf sie herab.

„Und nun geh in Deine Lampe zurück!" befahl sie mit letzter Kraft. Noch während er sich mit wütender Fratze verdampfte, schälte Mina sich aus der Unterwäsche. Einen Zuschauer wollte sie bei ihrer Körperpflege nicht haben, wobei der Gedanke daran sie schon ein wenig erregte.

Alamar

Verwirrt stand er nun da. Was war das gewesen? Noch nie hatte es eine Frau geschafft sich ihm zu widersetzen. Alamar zwirbelte seinen Kinnbart und ging einige Schritte in seinem Raum umher. Wieso hatte das Weib Macht über ihn? Wieder sah er hinaus.

"Mina... Mina..." Wie ein warmer Sommerregen. Wie Honig, so süß. Bäh! Was waren das bloß für verweichlichte Gedanken? Er war ein Teufel. Ein Flaschenteufel. Die hatten solche Gedanken nicht. Aber war es möglich? Konnte das noch von dem Dschinn sein? Angewidert schüttelte er sich. Nein. Der rote Stern stand in seinem Zenit. Eigentlich dürfte es nicht von seiner anderen Hälfte kommen. Aber was war es dann? Wieso brachte ihn diese Frau so aus dem Konzept? Irgendetwas hatte sie, was ihn fesselte. Normalerweise war er es, der die Frauen beherrschte und zum wimmern brachte. Doch diesmal hatte es sich gar nicht so falsch angefühlt, dass er ihrem Befehl nachgeben musste. Seltsam.

Sein halberigiertes Glied bestätigte diese ungewohnte Tatsache ebenfalls. Was die Frau nun wohl tat? Kurzerhand beschloss er erneut hinauszugehen und nachzusehen. Er materialisierte sich nicht vollständig, so dass er sich lautlos bewegen konnte. Doch als er die

Stiegen hinabschwebte stockte er mitten in der Bewegung. Aus dem Zimmer der Frau drangen einladende und eindeutige Geräusche heraus. Vorsichtig schwebte er näher und sah um die Ecke in den Raum hinein. Dort lag sie in all ihrer Pracht und befriedigte sich selbst mit einem vibrierenden Ding. Die Farbe und Form kam einem ziemlich großen Phallus gleich und immer wieder ließ sie das Teil in ihre feucht glänzende Mitte tauchen. Seine Beherrschung verabschiedete sich mit einem einzigen Wort aus ihrem Mund. „Oh Alamar", stöhnte sie und schob das Teil wieder zwischen ihre Schenkel. Sofort war er an ihrem Bett und glitt zu ihr.

„Ihr habt gerufen Weib?"

Sie riss die Augen auf und starrte ihn an. Eine entzückende Röte breitete sich auf ihren Wangen aus. Doch bevor sie anfangen konnte zu zetern, nahm er ihr den fleischfarbenen Riesen aus den Händen und ließ ihn über ihre geschwollene Perle gleiten. Sofort bockte ihm die Frau entgegen und er war schwer versucht sie zu nehmen.

„Wollt ihr nicht lieber einen echten Mann zwischen Euren Schenkeln? Dieses Ding sieht nicht sehr Lust versprechend aus."

Seine fragende Miene ließ sie tatsächlich lächeln.

„Wenn Du so fragst, zeig mir doch einmal wie Du einer Frau Lust verschaffst, Alamar."

Wieder verspürte er den Zwang ihrem Wunsch zu entsprechen, obwohl sie nicht die bindenden Worte gesagt hatte. Langsam rutschte er zwischen ihre Schenkel und sah sie voller Begierde an.

„Wie ihr wünscht, Mina. Aber sagt hinterher nicht, ich hätte dies gegen Euren Willen getan!"

Bevor sie etwas erwidern konnte schob er seine gespaltene Zunge in ihre herrlich nach Lust riechende Mitte.

Mina

Mit festem Griff hielt er sie an ihrem Becken fest. Sein Körper schien sich zu verändern und eine Hitze die nur eine Nuance vom Unangenehmen entfernt war strahlte von ihm ab. Seine Hände hatten sich in große Pranken mit langen Krallen verwandelt, der Kiefer wurde breiter und auch seine Zunge schien sich verändert zu haben. Wenn er über ihre Klitoris leckte, fühlte es sich an als würde man sie zwischen zwei feuchten und heißen Fingern reiben. Schon bald war sie so sehr in ihrer Lust gefangen, dass sie fast schon vergaß wer ihr diese bescherte.

Eine tiefe raue Stimme riss sie kurzzeitig in die Gegenwart zurück.

„Sagt ihr mir nun euren ersten Wunsch Mina?"

Zwei schwarze Augen in denen kleine rote Funken zu tanzen schienen sahen zwischen ihren Schenkeln herauf.

„Muss es immer auf die magischen drei Worte hinauslaufen?"

„Ja und nein. Man kann einen Wunsch auch anders formulieren."

Er zwinkerte ihr tatsächlich zu. Irgendwo tief in Mina vollzog in diesem Moment ein kleiner längst vergessener Wicht einen Purzelbaum der ihr Herz stolpern ließ. Kurz dachte sie an ihre

Prinzipien, die ihr außer vielen sehr einsamen Nächten nichts gebracht hatten.

„Schlaf mit mir", hauchte sie und sofort schob er sich zu ihr hoch. Hatte sie da eben einen Schwanz hinter seinem Rücken zucken gesehen? Fehlten ja nur noch die Hufe und Flügel, dann wäre das Klischee des Teufels perfekt.

Erneut sah er ihr in die Augen und nun war sie sich sicher, dass Funken durch seine dunklen Pupillen stoben. Mit einem einzigen harten Stoß schob er sich in sie. Dabei grinste er so diabolisch, dass sie kurz Angst bekam. Was hatte sie sich bloß dabei gedacht einen Teufel um Sex zu bitten?! Doch nun war es zu spät. Mit eisernem Griff hielt er sie am Becken und einer Schulter fest während er Stoß um Stoß in sie drängte. Die ganze Zeit lag sein Blick aufmerksam auf ihrem Gesicht. Plötzlich fühlte Mina sich nicht mehr so wohl bei dem Gedanken ihn auf und in sich zu haben. Verhütete er überhaupt?!

„Wenn ich sage, dass ich es mir anders überlegt habe, hörst du sicher nicht auf- oder?" fragte sie zögernd, denn immerhin hatte sie ihn dazu aufgefordert. Sofort hielt er inne und sah sie gekränkt an.

„Bloß, weil ich ein Flaschenteufel bin, heißt das nicht automatisch, dass ich auch ein Schänder bin! Ich mag nicht unbedingt der Typ für stundenlangen Kuschelsex sein, aber noch niemals habe ich ein Weib gegen ihren Willen genommen!"

Schon wollte er von ihr herabsteigen, da hielt Mina ihn fest.

„Warte Alamar, für mich ist das alles noch neu. Normalerweise gebe ich mich nicht so schnell einem Mann hin und mit einem Magischen habe ich noch nie geschlafen, zumindest nicht das ich wüsste."

Lange sah er sie nur stumm an und die Funken in seinen Augen stoben wild umher. Doch dann nickte er leicht.

„Sag mir was du willst Mina."

Seine Stimme war wie heiße Kohlen und flüssiger Honig zugleich und schon spürte sie wieder stärker den Wunsch ihn in sich zu haben.

„Schlaf mit mir, aber bitte verhüte. Ich will nicht schwanger werden."

Er lachte, es war ein warmes und angenehmes Lachen. Mit der rechten Hand formte er einen Ring und schob sein Glied hindurch. Als er die Hand wegnahm sah Mina mindestens zwei Kondome, die sich eng um den dicken Penis schmiegten.

„Sicherheitshalber" zwinkerte er ihr zu und nun musste auch sie erleichtert lächeln. So übel war der Flaschenteufel scheinbar doch nicht.

Alamar

Endlich entspannte sie sich wieder und er durfte dort weitermachen wo er aufgehört hatte. Seine Krallen bohrten sich leicht in ihre Schultern, als er sich mit einem harten Stoß in sie schob. Die Illusion der Präservative hatte sie ihm mühelos abgenommen. Natürlich konnte sie seines Wissens nach nicht schwanger werden, aber er hatte absolut keine Lust gehabt mittendrin für eine endlose Diskussion abzubrechen. Wer konnte schon sagen, wann er nochmal ein solch williges Weib zu Gesicht bekam?! Leises Wimmern unter ihm zog seine Aufmerksamkeit in die Gegenwart zurück. Wie die Frau so wehrlos und hingebungsvoll unter ihm lag spornte Alamar noch mehr an. Immer tiefer und härter stieß er in sie und stoppte erst in seinem Rausch, als ein scharfer Schmerz in seine Schultern fuhr. Das Biest hatte seine Nägel in sein Fleisch gebohrt und kam ihm bei jedem Stoß entgegen. Es musste wahrlich lange her sein, dass sie anständig gefickt wurde. Sie wimmerte und stöhnte, dabei warf sie ihren Kopf auf dem Bett umher. Schon spürte er die ersten Kontraktionen in ihrem Inneren. Wenige Stöße später schrie sie ihren Orgasmus hinaus und er ergoss sich in ihrer engen Hitze. Doch wenn er dachte es fiel ihr nicht auf, hatte er sich schwer getäuscht. Denn schon riss Mina die Augen auf und holte zu einer Ohrfeige aus.

„Du Schwein! Du hast mich belogen! Wo sind die Kondome?!"

Er fing die zuschlagende Hand ab und drückte die Frau tiefer in die Matratze.

„Soweit mir bekannt, kannst du nicht von uns schwanger werden. Es sei denn wir wären den Bund eingegangen. So etwas wie eure Ehe, nur eben wirklich bis zum Tode."

„Gut zu wissen! Und jetzt beweg deinen Arsch von mir runter und lass mich los!" fauchte sie ihn an und besaß sogar die Frechheit ihm ins Gesicht zu spucken. Mit einem Grollen packte er ihre Handgelenke. Sein Geschlecht steckte noch immer in ihrer Enge und obwohl sie scheinbar stinksauer war, rieb sie sich unbewusst weiter lustvoll an ihm.

„Wenn Ihr nicht still haltet Mina, muss ich das als Aufforderung nehmen weiterzumachen."

Nur mit Mühe konnte er ein breites Grinsen unterdrücken, als sie ihre schönen Augen aufriss. Dabei zog sich ihre ohnehin schon enge Mitte noch mehr um sein Geschlecht zusammen. Alamar war an den Grenzen seiner Beherrschung angekommen und konnte ein leises Aufstöhnen nicht verhindern, ebenso wenig wie der Vorstoß seines Beckens. Dieses Weib brachte ihn noch um seinen Verstand! Direkt wurde sie wieder weicher unter ihm und stöhnte leise auf.

„Oh Gott, ich wünschte das könnte ich immer haben."

Sofort versteifte er sich.

„War das Euer erster Wunsch Mina?" fragte er und hoffte sie würde es sich wieder anders überlegen, denn dies würde sie auf ewig an ihn binden.

„Was? Nein! Natürlich nicht!" rief sie auch prompt und er entspannte sich wieder.

Mina

Wieso war er plötzlich so angespannt gewesen? Doch nun lag sein perfekter Körper wieder schwer und locker auf ihr. Sie spürte tief in sich das leichte pochen seines Gliedes und wünschte sich er würde sich endlich wieder bewegen. Immer fordernder wurden ihre Bewegungen, bis er endlich nachgab und mit einem festen Stoß das Spiel der Lust erneut aufnahm. Sie wollte sich an ihn krallen, seine makellose Haut in Leidenschaft zerkratzen. Seine Hand öffnete sich und sie war wieder frei. Sofort trieb sie ihre Nägel in die starken Brustmuskeln, was er mit einem Stöhnen quittierte. Auch er setzte nun wieder seine Krallen ein, um sie an Ort und Stelle unter ihm regelrecht festzunageln. Doch dann fühlte sie sich plötzlich leicht und schwerelos. Tatsächlich schwebten sie einige Handbreit über dem Bett, wie Mina verwirrt feststellte, als sie den Kopf drehte. Sie sah sein schelmisches Grinsen und er rollte sich mit ihr um. Nun lag sie obenauf und konnte sehen wie er langsam auf das Bett zurücksank. Noch nie hatte sie mit einem Mann in dieser Stellung geschlafen. Vorsichtig stellte sie die Beine auf und setzte sich hin. Sein Glied glitt tiefer und füllte sie nun vollkommen aus. Hatte die Frau in einem der einschlägigen Filme nicht Reitbewegungen gemacht in dieser Pose? Erst zögernd bewegte Mina ihr Becken, doch schon bald war sie derart in der Lust gefangen, dass ihr Ritt immer wilder wurde. Zwei heiße kräftige Pranken packten und bremsten sie.

„Wenn ihr so weiter macht Mina, kann ich es nicht mehr lange zurückhalten."

Sie spürte das Pulsieren tief in ihrer Mitte und gab sich ganz dem Gefühl hin. Doch statt ihren wilden Ritt weiter zu genießen bremste Alamar sie schon wieder ab.

„Fragt mich nicht wieso, aber ich will euch warnen Mina. Erklimmen wir erneut gemeinsam den Gipfel der Lust stehen die Chancen gut, dass ein Bund entsteht."

Im ersten Moment nahm ihr vernebeltes Gehirn diese Warnung gar nicht als solche wahr. Doch dann sah sie ihn entsetzt an.

„Sagtest Du nicht dieser Bund wäre wie unsere Ehe?"

„Ja. Aber nicht immer bedarf es unbedeutender Worte um einen Bund zu knüpfen."

Nun wurde Mina wirklich unruhig und bewegte sich ein wenig um ein unangenehmes Kribbeln in den Beinen zu vermeiden. Sofort krallte er sich fester in ihr Becken und bockte ihr mit einem Stöhnen entgegen. Mina war unschlüssig. Einerseits wäre es am vernünftigsten sofort aufzuhören, andererseits war sie gerade in ihrer Lust gefangen und wollte mehr von dem Kerl unter sich spüren. Wenn sie bloß einen Weg finden könnte diesen Mann zu behalten und seine gespaltene Persönlichkeiten zu versöhnen! Plötzlich hatte sie eine Eingebung und beschloss sich auf ihr Bauchgefühl zu verlassen.

„Lass uns den Moment genießen und nicht mir Reden kaputt machen."

Seine dunklen Augen weiteten sich und die einzelnen Funken darin vermehrten sich zu einem regelrechten Funkensturm.

Alamar

„Seid ihr euch sicher Mina? Denkt an die Konsequenzen, die könnt ihr auch nicht mit einem Wunsch beseitigen. Entsteht ein Bund, gibt es kein Zurück! Es ist ähnlich wie mit dem Handel, aus dem keine Seite lebendig aussteigen kann."

Doch sie wirkte erstaunlich gefasst, beinahe so als ob sie etwas im Schilde führte. Mit einem leichten Nicken gab Mina das Zeichen, dass sie verstanden hatte. Noch bevor er weitere Einwände aufbringen konnte, begann das Weib sich wieder zu bewegen. Mit einem lustvollen Geräusch nahm er ihren Rhythmus auf und spürte, dass er nicht mehr weit vom Gipfel der Lust entfernt war. Besorgt nahm er ihr hintergründiges Lächeln zur Kenntnis, als sie ihren Ritt beschleunigte.

Doch irgendwie kratzte es auch an seinem Ego, dass sie allein die Zügel in der Hand hielt und er beschloss wieder die Kontrolle zu übernehmen. Kurzerhand hob er sie soweit an, bis sein Geschlecht aus ihr glitt.

„Hey, was wird das?!" rief Mina als er sie aufs Bett setzte und sich aufrichtete.

„Knie dich hin und wart´s ab" raunte er ihr mir verführerischer Stimme zu. Tatsächlich tat sie ohne Widerworte was er verlangt hatte. Mit einer schnellen Bewegung war er hinter ihr und krallte sich in ihr Becken.

„Du willst es unbedingt riskieren? Es darauf anlegen einen Bund zu knüpfen von dessen Reichweite du kleine Sterbliche keinerlei Ahnung hast? Dann soll es so sein! Aber bedenke was du dir wünscht Weib. Durch den Bund wirst du gezwungen sein auch den dritten Wunsch zu nutzen und danach wirst du einsam und allein in der Lampe sitzen da du keine magischen Kräfte hast. Und ich werde hier draußen auf ewig alleine verbringen müssen, da ich meine Kräfte mit der Freiheit verliere."

Alamar war so wütend auf die Naivität der Frau und auf ihren Versuch an ihm eine Intrige zu versuchen. Während er ihr all das sagte stieß er wie wild in sie.

Mit Genugtuung bemerkte er wie sie sich versteifte und dann unruhig wurde.

„Nein warte Alamar, das wusste ich nicht! Bitte warte ich … Ohhh… habe nicht nachgedacht. Ich … Ohhh Gott… ich komme!"

Er spürte das Ziehen in den Leisten und das Pumpen seines Gliedes während sie um ihn herum begann zu kontrahieren. Nun lag es allein an ihm, ob er das Risiko tragen wollte oder nicht. Nur noch einen Stoß lang ihre heiße Enge genießen. Einen Stoß noch die Umklammerung ihrer Weiblichkeit auskosten.

Mit einem Brüllen zog er sich aus ihr zurück und vergoss in heißen Strömen seinen Samen auf ihrem lustvoll zuckenden Leib.

Wieso hatte er das getan? Grübelnd sah er auf die Frau vor sich, die nun aus anderen Gründen bebte, wie leise Geräusche ihm verrieten. Sie weinte.

Mit einem frustrierten Schnauben verdampfte er sich zurück in seine ruhige Lampe.

Mina

Noch immer geschockt lag sie zusammengerollt auf dem Bett.

Zum Glück hatte der Flaschenteufel mehr Verstand bewiesen und rechtzeitig rausgezogen. Und doch fühlte sie ein seltsames Prickeln in ihren Gliedern. Ein leichtes Zupfen, als würden lauter kleiner Wesen an ihr ziehen, um sie in eine bestimmte Richtung zu bewegen. Die heißen Spuren seiner Lust waren über den Hintern hinab zwischen ihren Schenkeln hindurchgeflossen und hatte sich mit Sicherheit auch zum Teil mit ihrer Nässe vermischt. Was wenn das reichte doch noch diesen Bund zu knüpfen und sie schwanger wurde? Sofort sprang sie panisch auf und stolperte in ihre Dusche. Das heiße Wasser spülte zwar die Zeugen ihres Ausrutschers weg, doch die Scham darüber blieb. Einmal im Leben wollte sie verrucht sein, ein einziges Mal Ränke schmieden und dann geschah sowas. Ein weiterer Heulkrampf erfasste und schüttelte Mina bis sie sich auf den Boden der Dusche setzte. Von oben prasselte immer noch das heiße Wasser auf sie herab und es fühlte sich beinahe so an, als würde ihr jemand kräftig den Kopf kraulen. Wenn der Bund entstanden war, wie würde sie das merken? In einer Kurzschlussreaktion beschloss sie ihren ersten

Wunsch zu nutzen. So oder so, käme sie eh nicht mehr darum herum.

„Ich wünsche mir, dass Alamar der Flaschenteufel und Alamar der Dschinn nun mehr in einer einzigen Persönlichkeit vereint sind!" rief sie voller verzweifelter Inbrunst. Wenn sie schon mit dem Kerl auskommen musste, sollte er wenigstens bei Sinnen sein. Es wurde dunkel um sie herum, der Gong dröhnte, die Wände bebten und die Zeit blieb stehen. Vor ihr materialisierte sich Alamar. Seine dunklen Augen fixierten sie.

„Euer Wunsch ist mir Befehl Herrin!" sagte er mit donnernder Stimme und sie konnte die Veränderung bei ihm regelrecht sehen. Die Krallen an den Händen wurden kürzer und die wuchtige Gestalt des Teufels verschmälerte sich zu einem sehr muskulösen aber kantigen Mann. Einzig der Schwanz war wirklich geblieben und peitschte wild umher.

Eines der Augen wurde heller und seine Mimik lockerte sich etwas auf.

„Was habt ihr getan Mina?!" keuchte der verwandelte Mann und ging vor ihr in die Knie. Da war er wieder der sanfte Dschinn. Doch wieviel war noch von dem ungestümen Teufel geblieben, außer dem Aussehen?

„Ich habe meinen ersten Wunsch genutzt um Dir etwas Gutes zu tun. Aber wie ich sehe war das scheinbar falsch. Vielleicht hätte ich doch den Teufel freiwünschen sollen?"

Sein Kopf ruckte nach oben und sie sah wie die Funken in dem dunkleren Auge stoben.

„Das hättest Du vielleicht tun sollen, Mina. Aber so ist es auch in Ordnung. Endlich müssen wir nicht mehr gegeneinander kämpfen, sondern entscheiden gemeinsam. Danke."

Sie schluckte den harten Kloß in ihrem Hals mühsam runter und nickte.

„Soll ich Euch den Rücken waschen?" fragte er mit sanfter Stimme und hielt ihr einen weich aussehenden Badeschwamm unter die Nase.

„Das wäre sehr nett, danke" murmelte sie beinahe kraftlos und drehte sich um. Seine kräftige warme Hand legte sich auf eine Schulter während die andere mit dem Schwamm über ihren Rücken rieb.

„Woran merkt man eigentlich, dass dieser ominöse Bund geknüpft wurde?" fragte sie leise.

„Das lässt sich schlecht erklären. Unter anderem hat es etwas mit Lust zu tun, aber auch mit sehnsüchtigem Ziehen und dem Wunsch ständiger Nähe. Natürlich könnte man es auch an einer Schwangerschaft feststellen."

Seine Stimme klang abwesend, gerade so als würde er mit den Gedanken ganz woanders sein. Als er das mit der Sehnsucht erwähnte zuckte

Mina kurz zusammen. Hatte sie nicht so etwas in der Art verspürt nach seinem Verschwinden?

Langsam wurde ihr das alles zu viel. Sie war definitiv urlaubsreif! Mit einem Seufzen träumte sie sich irgendwo in eine einsame Berghütte umgeben von viel Schnee.

„Was lässt Dich so schwer seufzen Mina?"

Seine Stimme hatte einen besorgten Unterton.

„Nichts Besonderes. Nur merke ich grade, dass ich reif für Urlaub bin. Eine einsame Berghütte mit viel Schnee drum rum wäre jetzt genau das was mir gefallen könnte."

Alamar

„Mal sehen was sich da machen lässt."

Alamar grinste spitzbübisch und als sie erschrocken die Augen aufriss um ihn anzusehen, saß sie in einem altmodischen Badezuber mitten in den Alpen.

Ein schmerzhaftes Ziehen in seinen Eingeweiden störte ihn und er stellte entsetzt fest, dass seine Lampe in Minas Wohnung zurückgeblieben war. Das hieß für ihn, er konnte nicht zurück um seine magische Energie aufzuladen. Alamar sah sie an und überlegte angestrengt wie er ihr diese Misere erklären sollte.

„Was ist los Du guckst so komisch? Wurde der Bund doch geknüpft? Werde ich jetzt etwa schwanger? Verdammt rede mit mir!"

Minas Stimme wurde mit jedem Wort panischer und in ihren schönen Augen stand die blanke Panik.

„Da ich nicht in meine Lampe kann, werde ich meine magische Energie verlieren."

Sie sah ihn kurz verständnislos an, dann lachte sie erleichtert los.

„Sonst ist nichts? Das ist doch gar kein Problem, beam Dich zurück und hol sie."

„So einfach ist das nicht Mina. Um in und zu meiner Lampe zu können muss sie in einem gewissen Umkreis sein. Doch das ist nicht der

Fall, weil das hier eine Berghütte mitten in den Alpen ist. Wir sind hier zu weit entfernt."

„Das heißt im Klartext wir sitzen hier fest - ohne Deine Kräfte?"

Wieder sah sie ängstlich aus und es störte ihn, dass er nichts dagegen tun konnte.

„Leider bedeutet es genau das."

„Können wir denn gar nichts tun?"

„Ich..."

Lautes Dröhnen war zu hören und der Boden begann zu beben. Eine weiße Masse raste auf das kleine Fenster zu und ehe Mina sich richtig erschrecken konnte, war die Hütte von einer Lawine überrollt.

Plötzlich umfing Dunkelheit sie. Ohne darüber nachzudenken nutzte Alamar einen Teil seiner verbliebenen Magie und ließ die Hütte in Kerzenschein erstrahlen. Mina klammerte sich an ihn und zitterte wie Blätter im Wind. Beruhigend rieb er ihr über den Rücken und wartete bis sie aufhörte zu zittern.

„Zu Eurer Frage eben: Ich selber bin nicht imstande das Problem zu beheben. Nur ein Wunsch gäbe mir die nötige Macht dazu. Sie sah ihn entsetzt an.

„Aber dann bleibt nur noch 1 Wunsch übrig und ich werde auf ewig in Deiner Lampe festsitzen!"

Grob stieß sie ihn weg und wickelte sich in ein Handtuch.

„Wir haben nichts zu essen und zu trinken. Ich werde hier sterben wegen Dir!"

Nun war Mina wieder in diesen Angriffsmodus gefallen, den er insgeheim so an ihr liebte. Kurz stockte Alamar in seinen Gedanken. Die Erkenntnis überforderte ihn regelrecht. Das letzte Mal, dass er es gewagt hatte zu lieben war schon über Zweitausend Jahre her. Damals ist auch seine dunkle Seite erwacht. Konnte es eine Möglichkeit für ihre Rettung geben? Er wollte nicht, dass sie in der Lampe endete. Nein sie sollte für immer an seiner Seite bleiben, denn dort gehörte diese Kämpferin hin! Da er Mina nicht noch mehr in Aufruhr versetzen wollte, sah er ihr nur nach. Doch ein Kribbeln und Zupfen an seinen Zellen ließ ihn aus seinen Gedanken aufschrecken. Nein! Das durfte nicht sein! Vor allem aber, wann war das passiert?! Er gab dem Drängen nach und schlich leise hinter ihr her. Ob sie schon etwas ahnte? Da kam sie ihm schon entgegen.

„Was hast Du mit mir gemacht?! Wieso muss ich ständig in Deiner Nähe sein?"

Sie blieb vor ihm stehen und sah ihn finster an. Doch dann wurde sie ganz blass und rannte zurück in das Badezimmer, um sich zu übergeben – wie er unschwer hören konnte.

Mina

Wieso war er ihr nachgelaufen, obwohl sie mehr als deutlich gemacht hatte wie sauer sie auf ihn war? Was Mina aber beinahe noch mehr ärgerte, dass sie dieses Zerren an ihren Gliedern zu ihm zurückgeführt hatte. Aber hatte er nicht gesagt der Bund wäre nicht geknüpft worden? Oder hatte sie ihn da falsch verstanden? Die wirren Gedanken und die Angst in der Berghütte zu verenden brachte ihren Magen zum Toben und sie musste sich immer wieder übergeben.

„Nur ein Wunsch gäbe mir die nötige Macht ..." gingen ihr seine Worte durch den Sinn und kurz war sie versucht ihm zu unterstellen dies mit Absicht getan zu haben. Doch dann sah sie seine verzweifelten Augen wieder vor sich, als er ihr das sagte. Nein, er hatte das nicht geplant. Wie nur kamen sie von hier weg, ohne einen Wunsch zu verbrauchen? Wieder musste sie würgen. Hoffentlich war das nur von der Aufregung und nicht von einer Schwangerschaft.

Wie sollte es bloß weitergehen, falls sie schwanger war?

Mina hatte sich immer eine glückliche kleine Familie gewünscht. Doch wie sollte sie dem Kind erklären, dass sein Vater ein Ex-Dschinn war und sie nicht besuchen konnte ohne seine Kräfte? Je länger sie diese Gedanken umherwälzte desto stärker wurde der Wunsch nach einem normalen

Leben. Doch auf der anderen Seite, wollte sie das Abenteuer mit der Wunderlampe nicht missen. Immerhin hatte sie dadurch erst Alamar getroffen. Ein kurzes Klopfen erklang und die Tür wurde aufgerissen. Ungestüm kam der Verursacher ihrer neuesten Sorgen in den Raum und zog sie in seine starken Arme.

„Mina."

Er sagte nur dieses eine kleine Wort, ihren Namen, doch dabei lag so viel Gefühl in seiner Stimme.

„Bitte glaube mir, ich wollte das alles nicht. Du solltest nur ein bisschen entspannen können fernab von all Deinen Sorgen. Verzeih mir meinen Leichtsinn."

Er knirschte mit den Zähnen während sie an seine Brust gelehnt dastand von seinen starken Armen fest umfangen.

„Wenn Du Dir etwas wünschen dürftest, was wäre das Schönste für Dich?" nuschelte sie an seiner nackten Haut.

„Ein glückliches Leben mit Dir an meiner Seite", antwortete er ohne zu zögern.

Sie nickte. Ähnliche Gedanken hatte sie auch schon gehegt. Doch wie sollte das gehen sie war eine normale Frau, kein magisches Wesen?

Für Mina war der Punkt erreicht wo sie nicht mehr nachdenken, sondern auf ihr Gefühl vertrauen wollte.

„Ich wünsche mir, dass Alamars sehnsüchtigster Wunsch in Erfüllung geht."

Sofort versteifte er sich.

„Euer Wunsch ist mein Befehl Herrin."

Seine dröhnende Stimme klingelte noch in ihren Ohren, da wurde es schon wieder dunkel. Mina spürte noch den Schwindel, seines Transportzaubers und krallte sich an seinen Armen fest. Sie war an ihren Grenzen des Erträglichen angekommen und ihr Körper quittierte kurzerhand den Dienst. So bekam sie auch nicht mehr mit, wie Alamar sie sanft auf seinem großen Bett ablegte und besorgt musterte.

Alamar

Dieses törichte Weib!

Wieder hatte sie einen ihrer Wünsche verbraucht um ihn glücklich zu machen. Doch dieser Wunsch hatte ihm auch die nötige Macht gegeben sie beide schnellstens in die Lampe zurück zu bringen. Jetzt lag die Frau auf dem großen Bett und schien zu schlafen. Seine Frau, denn nun waren sie für die Ewigkeit miteinander verbunden. Sein Blick schweifte durch den Raum und er stellte fest, dass hier eine gründliche Umgestaltung nötig sein würde. Eigentlich müsste ihn Wehmut plagen, weil er nicht freikam, doch stattdessen freute er sich ohne Ende auf die gemeinsame Zeit mit Mina. Ob sie sein Kind unter dem Herzen trug, würde sich bereits in kurzer Zeit zeigen und Alamar war sich uneins, ob er sich freuen oder darüber ärgern sollte wenn dem so wäre.

Wieder sah er zu Mina. Wie sie so wehrlos dalag erinnerte ihn an ihren ersten Beischlaf und er zuckte kurz zusammen. Was, wenn sie vom Flaschenteufel schwanger geworden war? Konnten sie überhaupt unterschiedliche Kinder zeugen, oder würde es keinen Unterschied machen? Nun, da seine beiden Seiten vereint waren, konnte er das nicht mehr herausfinden. Vielleicht hätte er seine Zeit nicht darauf verwenden sollen, darauf zu achten in der Zeit des Teufels den Frauen fern zu bleiben. Irrsinniger Weise machte ihn der Anblick der schlafenden Frau an. Schon regte sich sein Geschlecht und er rieb sich verhalten über die Hose. Gerade dachte er darüber nach ob er noch genug Zeit hatte sich zu befriedigen ehe Mina aufwachte, da begann sie sich zu bewegen. Flatternd öffneten sich ihre Lieder und sie sah ihn an. Als sie ihre Hand nach ihm ausstreckte trat er zu ihr und griff danach. Langsam aber unnachgiebig zog sie ihn heran, bis er nachgab und sich neben Mina auf das Bett legte.

„Was geschieht nun mit uns?" fragte sie während er sie an sich zog.

„Wir machen uns ein gemütliches Heim aus der Lampe. Alles andere wird sich zeigen."

„Das heißt ich muss für immer hier drinnen bleiben?"

Nun sah sie ihn mit weit aufgerissenen Augen an.

„Wenn Du Deinen dritten Wunsch gesprochen hast, ist die Lampe Dein neues Zuhause."

„Aber ich wollte doch mit dir zusammenbleiben!" rief sie und setzte sich auf.

„Du hast gesagt, wenn ich den letzten Wunsch verbrauche sitzt du draußen allein ohne Kräfte und ich hänge in der Lampe fest, weil ich kein magisches Wesen bin."

Wie sie ihn so verzweifelt ansah, brach ihm beinahe sein unsterbliches Herz.

„Das war, bevor du meinen Wunsch nach der gemeinsamen Ewigkeit mit dir erfüllt hast."

„Also leben wir dann zusammen in diesem kleinen Raum?"

Alamar sah, dass sie wieder entspannter wurde und nickte.

„Wir können dann unser Zuhause nach freiem Willen gestalten. Da wir dann mehr Platz brauchen, wird der einfach gemacht."

Noch immer sah sie ihn skeptisch an. Doch dann schmiegte Mina sich wieder an ihn und strich zärtlich mit der Hand über seine Brust, bis hinab zum Bund seiner Hose. Schon hegte er Hoffnung sie würde wieder mit ihm schlafen wollen, da gab sie ein würgendes Geräusch von sich und sah ihn mit aufgeplusterten Backen entsetzt an. Mit einem Seufzen materialisierte er einen Putzeimer und sie riss ihm das Teil regelrecht aus der Hand. In einer Geschwindigkeit, die er Sterblichen nie zugetraut hätte, verschwand sie aus dem Bett und in die hinterste Ecke des Raumes. Dort kauerte sie über dem Eimer und gab ein so erbärmliches Bild ab, wie sie sich an den Rand klammerte und von den Würgschüben regelrecht durchgeschüttelt wurde. Dabei versuchte sie verzweifelt sich so abzuwenden, dass man nichts davon sehen sollte. Alamar ließ einen leichten Raumteiler auftauchen, der ihr ein wenig mehr Privatsphäre ermöglichte und seufzte. Sie tat ihm richtiggehend leid und er hoffte es würde ihr bald wieder bessergehen.

Mina

Sie sah den Schatten vor sich auf dem Boden auftauchen und ein schneller Blick über die Schulter zeigte ihr einen leichten Raumteiler. Solche kannte sie bisher nur aus den alten Filmen- solchen die mit viel Humor eine Umkleideszene der Dame darstellten, während der Mann davor wartete bis sie endlich fertig würde um auszugehen. Wieder überkam sie eine Welle der Übelkeit und sie fragte sich, wann dies wohl aufhören würde.

„Wird die Lampe sich dann einen neuen Besitzer suchen? Und was geschieht mit meinem Laden?" fragte sie zwischen zwei weiteren Schüben. All ihre Ersparnisse und naiven Träume steckten in dem kleinen Laden und es tat weh dies loslassen zu müssen.

„Ehrlich gesagt weiß ich keine Antwort darauf. Mir ist auch kein Fall bekannt indem ein Dschinn mit einer Sterblichen den Bund eingegangen wäre."

Obwohl seine Stimme ruhig und leise klang, fühlte die Antwort sich für Mina an als würde er sie mit brennendem Öl übergießen und anschließend in der Antarktis zum Abkühlen aussetzen. Wenn er es nicht wusste, wer dann? War wirklich alles verloren? Ein neuer Brechreiz presste den letzten Mageninhalt aus ihr heraus, nicht einmal mehr die bittere Galle wollte noch kommen.

„Wenn ich schwanger bin, brauche ich einen Gynäkologen und wir sollten uns ein Krankenhaus auswählen, wo das Kind…" setzte Mina an. Doch als sie um den Raumteiler kam und in sein Gesicht sah, blieb ihr der Rest im Halse stecken.

„Was ist los?"

Seine Miene wirkte plötzlich wie eingefroren und sie sah ihm regelrecht an, dass er angestrengt nachdachte.

„Wie soll ich es Dir erklären, ohne dass Du mich wieder hassen wirst?" setzte er an, doch Mina unterbrach ihn.

„Wie wäre es ausnahmsweise mal mit der ungeschmückten Wahrheit?" ätzte sie in eisigem Ton.

„Wie Du wünschst, doch sage hinterher nicht ich wäre gefühllos."

„Nun rück schon mit der Sprache raus Alamar!"

„Dir wird im Falle einer Schwangerschaft nicht genug Zeit bleiben um Ärzte und Krankenhäuser zu suchen. Mal ganz davon abgesehen – wie willst Du den Sterblichen ein magisches Baby erklären?"

Er stand neben dem Bett und hatte die Arme verschränkt, was seinen Bizeps enorm betonte.

Mit zitternden Knien hielt sie sich an dem Raumteiler fest.

„Wie meinst Du das? Nicht genug Zeit?"

„Du wolltest doch, dass ich Dir die unverblümte Wahrheit sage. Das war sie."

„Du hast meine Frage nicht beantwortet – was bedeutet nicht genug Zeit um Ärzte und Krankenhaus zu suchen?" rief sie, mit nun eindeutig schon panischer Stimme. Er sah sie an und schüttelte seufzend den Kopf.

„Eine magische Schwangerschaft nimmt bei Weitem nicht so viel Zeit in Anspruch wie die von sterblichen Kinder. Es könnte rein theoretisch bereits nächste Woche oder die darauf zur Niederkunft kommen."

Alamar

„Was?!" schrie sie empört, ehe ihre Augen sich verdrehten und sie einfach umkippte.

Schon wieder? Wie oft konnte eine Frau denn ohnmächtig werden ohne bleibenden Schäden zu bekommen?

„Törichtes Weib! Ich hatte Dich davor gewarnt den Bund mit mir zu riskieren."

Er hob Mina auf und legte sie erneut auf dem Bett ab. Vor seinen Augen begann ihr Bauch sich sehr deutlich zu wölben. All sein Hoffen wurde mit diesem Zeichen zerstört. Sie trug sein Kind unter dem Herzen und es war magischer Natur.

„Sei sanft zu Deiner Mutter, sie ist eine Sterbliche" redete er leise auf das kleine Wesen in Mina ein. Nun begann es sich heftig zu bewegen und zwischendurch sah man eindeutige Abdrücke von einer winzigen Faust oder einem Fuß an der Haut die enorm über dem Bauch gespannt war. Mit einem schmerzhaften Stöhnen kam sie wieder zu sich. Mühsam rappelte Mina sich in eine sitzende Position hoch und er polsterte ihr den Rücken mit Kissen aus. Ihr Blick fiel auf ihren stark gewölbten Leib und sie wurde kalkbleich.

„Was ist das?"

„Unser Kind in Deinem Bauch" antwortete er knapp und sie sah ihn entgeistert an.

„Du hast mich wirklich nicht angelogen. Aber wie soll ich meinen Laden führen, wenn das so schnell geht?"

Gegen Ende wurde ihr Ton immer weinerlicher. Noch immer veränderte sich ihr Körper beinahe minütlich. Ihr straffer Busen wurde praller und weicher, der Bauch noch ein bisschen größer. Noch eine Veränderung kam, die auch für ihn überraschend war. Plötzlich wurde Minas Blick verlangend und sie zog Alamar zu sich herab. Fordernd presste sie ihre Lippen auf seinen Mund und bearbeitet mit ihren geschickten Händen das Ziel ihrer Begierde. Ihr neuer Duft und die weibliche Fülle ihres Körpers versprachen Lust und so gab er sich ihr hin. Mina hielt sich nicht sonderlich lange mit Zärtlichkeiten auf, sobald sein Geschlecht schmerzhaft hart war, kniete sie sich auf das Bett.

„Nimm mich endlich, solange ich noch kann!" fauchte sie ihn an und er kam ihrer Forderung nur zu gerne nach. Fest packte er sie an ihren Hüften und glitt mit einem energischen Stoß in ihre feuchte Hitze. Bei jeder Bewegung kam Mina ihm mit ihrem Becken entgegen und nahm ihn so noch tiefer in sich auf. Dabei gab sie so ein kehliges Stöhnen von sich, dass Alamar schnell an die Grenzen seiner Beherrschung gelangte. Noch hielt er sich zurück um nicht wie ein wahnsinniger Teufel in sie zu stoßen und sich zu nehmen was er gerade so dringend brauchte. Stattdessen machte ihm die Frau wieder einen Strich durch die Rechnung.

„Fick mich endlich richtig! Ich will und brauche dich jetzt Alamar. Und damit meine ich nicht den sanften Teil von Dir!"

Grob stieß sie mit dem Becken nach hinten und riss auf diese Weise mit Wort und Tat seine letzten Gedanken an Zurückhaltung ein. Tief bohrten seine Krallen sich in das weiche Fleisch ihrer Hüften, als er sie packte und hart in sie stieß. Sofort quittierte Mina das mit einem Lustschrei und drängte sich ihm entgegen.

„Mehr, gib mir mehr!" stöhnte sie. Gerne gab er ihrem Willen nach und nahm sie noch gröber und härter. Schon spürte er seinen Höhepunkt herankommen. Mit einem fiesen Grinsen ließ er einen weiteren Arm materialisieren. Zwischen Daumen und Zeigefinger der neuen Hand zwirbelte er ihre Klitoris. Ihre heiße Mitte zog sich zusammen und er spürte die ersten Zuckungen in Minas Innerem. Schon sehr bald schrien beide ihre Lust hinaus während sie gemeinsam den Höhepunkt erreichten. Zufrieden seufzend sank Mina auf das Bett und schmiegte sich an seine Seite.

Alamar streichelte zärtlich über ihren Rücken und den Arm.

„An solch heißen Sex könnte ich mich durchaus gewöhnen" murmelte er träge in ihre Haare.

Sie hauchte ihm einen Kuss auf die nackte Brust und lächelte selig. Mit diesem Quäntchen Glück schlief Alamar zum ersten Mal seit Jahrhunderten wirklich ein.

Mina

Noch einen Moment wollte sie den Frieden genießen mit diesem wunderbaren Mann. In ihrem Herzen hatte sie bereits während dem animalischen Sex einen schwerwiegenden Entschluss gefasst. Nur zu deutlich hatte sie noch sein enttäuschtes Gesicht in Erinnerung, als er davon sprach nun nie freizukommen. Ein letztes Mal schmiegte sie ihren Leib an ihn und kostete die Wärme aus die Alamar abstrahlte. Sanft legte Mina die Hand auf den dicken Bauch und strich darüber. Sofort wurde von innen empört gegen ihre Finger getreten und sie lächelte. So schnell konnte sich ein langweiliges Leben unverhofft mit einer Antiquität ändern.

„Wir beide werden das schon irgendwie schaffen" murmelte sie leise dem Kind zu ehe sie tief einatmete und die Augen schloss.

„Ich wünsche mir, dass Alamar frei ist und nie wieder die Wünsche anderer erfüllen muss!" flüsterte sie.

„So soll es geschehen!" dröhnte eine mächtige Stimme durch die Lampe und Alamar sprang mit weit aufgerissenen Augen aus dem Bett.

„Was hast Du getan Mina?!" rief er und wurde dabei immer durchsichtiger.

„Ich habe Dir die Freiheit geschenkt. Mach was aus Deinem Leben. Ich liebe Dich Alamar."

Mit Tränen in den Augen sah sie zu wie er immer schneller verschwand. Als er weg war drückte sie das Gesicht in die Kissen um wenigstens noch den Rest seines Geruches inhalieren zu können.

Das Gefühl beobachtet zu werden zwickte Mina regelrecht im Nacken und sie sah sich verwirrt um. Wer konnte denn noch hier sein?

Da! Hatte sie nicht gerade noch einen Schatten gesehen, der nicht da sein konnte?

„Antworte mir Sterbliche. Wieso hast Du alle Wünsche für die Bedürfnisse des Dschinns verbraucht anstatt Dir selber etwas zu gönnen?"

Ein stattlicher Mann mit langer schwarzer Mähne und braunen Augen saß auf Alamars Lesesessel. Er starrte sie an und hatte die Arme vor der nackten Brust verschränkt.

„Weil ich ihn liebe und möchte, dass auch er auch einmal glücklich ist."

„Deinen letzten Wunsch hast du besonders interessant formuliert. Darf ich fragen was du dir davon erhofft hast Sterbliche?"

Seine Stimme war kalt wie Eis und schneidend.

„Frei bedeutet für mich nicht an einen Ort gebunden zu sein. Was aber nicht bedeutet, dass er dann nicht weiterhin als Wunschsklave für irgendwen herhalten muss. Daher die spezielle Formulierung. Ich will, dass er in jeglicher

Hinsicht frei ist, ohne Zwänge und Meister. Zur Not auch von unserem Bund, wenn er diesen nicht mehr wahrnehmen kann oder will."

Den letzten Satz hatte sie mit erstickter Stimme gekrächzt und wischte sich verstohlen die Tränen aus den Augen. Als der Fremde sich erhob rutsche seine Pluderhose bis tief auf die Hüften. Natürlich musste er auch so ein Dschinn sein, wie sonst hätte er hier reinkommen sollen.

„Du trägst Dein Herz nicht nur am rechten Fleck, sondern auch auf der Zunge. Wenn nur ein Bruchteil unserer Meister so wären wie Du, hätten wir Dschinn ein viel erfüllteres und schöneres Leben."

Sie sah ihn verwirrt an. Was wollte der Fremde damit sagen? Als ob er ihre Frage ahnen würde lächelte er sie beruhigend an.

„Du bist bald eine von uns. Doch ehe es soweit ist, nenne mir deinen größten Wunsch."

Ungläubig starrte sie den Mann an.

„Mein größter Wunsch ist, dass Alamar eine glückliche Familie haben kann. Was mit mir geschieht ist nicht mehr wichtig, seit ich mein Herz an ihn verloren habe" murmelte sie leise und sah angestrengt vor sich auf das Bett. Sanft hoben starke Finger ihr Gesicht an, bis sie den Fremden ansehen musste.

„Ich werde darüber nachdenken und Dir dann meine Entscheidung mitteilen, wenn ich komme um den Handel einzufordern den ihr geschlossen habt. Bis dahin solltest Du Dich ausruhen."

Mina nickte ergeben und der Mann mit den sanften braunen Augen verschwand.

Sofort rollte sie sich weinend zusammen.

Nun war sie offiziell allein und konnte endlich der tiefen Traurigkeit nachgeben. Was Alamar gerade wohl tat? Mit seinem Bild vor Augen schlief sie schließlich erschöpft ein.

Alamar

Auf sich allein gestellt wurde Alamar schon bald langweilig. Eine Weile legte er sich auf Minas Bett und versuchte zu schlafen, doch ohne sie in seinen Armen wollte ihm das nicht gelingen. Sein Kind müsste auch schon bald auf die Welt kommen. Wie er Mina kannte war sie sicher hoffnungslos überfordert mit dem rasanten Wachstum, den das Kleine hinlegen würde. Viel lieber wäre er an ihrer Seite um sie zu unterstützen, stattdessen war er nun in der Welt der Sterblichen gefangen und konnte nicht in seine Lampe zurück. Frustriert ging er wieder hinauf und beseitigte das Chaos, dass der Flaschenteufel bei seinem Ausbruch veranstaltet haben musste. Da lagen Bruchteile ihres Schreibtisches auf dem Boden verstreut und die Stahltür des Tresors war völlig verbogen. Mit dem Rest seiner verbliebenen Magie setzte er den Tresor wieder zusammen und stellte ihr einen neuen Schreibtisch hin. Auch wenn Alamar nicht daran glaubte, sie käme jemals wieder hierher zurück, wollte er alles sauber und ordentlich für sie machen. Als endlich alles wieder repariert oder erneuert war, räumte er die Papiere vorläufig auf den neuen Schreibtisch, sortieren konnte er sie später auch noch. Im Aufräumfieber gefangen, schnappte er sich den Besen vom Boden und begann damit zuerst das

Arbeitszimmer und anschließen den Laden zu fegen.

Während er den angesammelten Staub der letzten Wochen mit einem weichen Tuch weg rieb, rang ihm Minas akribisches System Bewunderung ab. Erstaunt stellte er fest, dass die Artikel nicht nur nach dem Ursprungsort, sondern auch nach der Entstehungszeit sortiert waren. An jeder Antiquität war eine Karteikarte mit den wichtigsten Daten und dem Preis angebracht. Nie hatte er sich die Mühe gemacht ihre Leidenschaft für alte Sachen genauer zu betrachten. Er war einfach davon ausgegangen, dass es nur ein notwendiges Übel für sie sei, um sich versorgen zu können. Beschämt darüber beschloss er das Geschäft in ihrem Sinne weiterzuführen.

Der Laden und seine veralteten Artikel waren etwas später blitzblank geputzt. Die Zeit verging in der Welt der Sterblichen - ohne Mina - für ihn viel zu langsam, denn durch das große Schaufenster schien erst die Mittagssonne herein. Vielleicht sollte er den Laden seiner Liebsten wiedereröffnen damit er etwas zu tun bekam? Der Gedanken war noch nicht ganz fertig gesponnen, da drehte er das Schild mit seiner Magie bereits auf ‚Geöffnet'. Doch an diesem Tag kam niemand. Auch den darauffolgenden Tag nicht. Vor lauter Langeweile las Alamar sich in Minas Aufzeichnungen über die Antiquitäten ein. Für eine Sterbliche war sie wirklich sehr präzise, was das Bestimmen des Alters eines Gegenstandes anging. Bei einigen lag sie, wie er aus seinem langen Leben wusste, nur um wenige Monate oder Jahre daneben- was angesichts der Tatsache das es sich teilweise um Jahrtausend alte Dinge handelte, nicht viel ausmachte. Gerade war er auf die angefangene Katalogisierung seiner Lampe gestoßen, da läutete ein Glöckchen draußen im Laden und kündigte Kundschaft an.

Mina

Als sie wach wurde, war bereits ein neuer Tag angebrochen. Verwirrt stellte sie fest, dass der Drang menschlicher Bedürfnisse fehlte. Um sich die Zeit zu vertreiben ging Mina in die Leseecke und nahm das Buch von dem kleinen Beistelltisch. Ein schwerer Einband mit aufwändigen Reliefen schmiegte sich schützend um das bedruckte Material. Der typische Geruch von altem Buch haftete ihm an. Sofort kam die Antiquarin in ihr durch und sie untersuchte das wertvolle Stück. Statt Papier wurde hier noch Papyrus genommen, was an sich nichts Besonderes war für sehr alte Schriften. Doch diese waren für gewöhnlich auch nicht zu dicken Büchern gebunden worden. Die Zeichen auf dem Einband konnte sie nicht entziffern und legte es enttäuscht wieder zurück. „Wenn ich es bloß lesen könnte. Leider kenne ich die Sprache nicht" seufzte sie enttäuscht. Plötzlich begann das Buch sich zu verändern. Die Schriftzeichen zerflossen und setzten sich neu zusammen. Nun war sie imstande es zu lesen.

„Die Geschichte von der Tausend und einer Nacht andauernden Geschichte."

Ein Märchenbuch. Ein sehr altes zwar, aber dennoch ein Buch voller Geschichten um fabelhafte Wesen und übermenschliche Helden.

Mit einem Lächeln schlug sie den Buchdeckel auf und las die Widmung, die nun zum Vorschein kam. Auch hier konnte sie zusehen wie der Text sich ihrer Sprache anpasste.

Für Alamar.
Einen solchen Mann wie Dich sollte man nicht in einer Lampe einschließen und doch kann ich dir leider nicht die Freiheit bieten. Nur meine endlose Dankbarkeit und Freundschaft.
Sultan Nazim

Es war also ein Geschenk an ihren Partner. Ob auch der Rest des Buches sich lesen ließ? Vorsichtig blätterte Mina zur nächsten Seite und auch hier formte die Schrift sich neu. Ob es ein magisches Buch war? Die Neugier ließ Mina schnell zurück auf die vorherige Seite blicken. Dort war nun wieder die originale Schrift zu sehen. Es war als würde das Buch bemerken, dass sie diese Seite erneut betrachtete und die Tinte deutete zuckend vorsichtig, beinahe schon fragend eine Veränderung an.

„Nein es ist ok, diese Seite habe ich bereits gelesen. Ich war nur neugierig."

Nun sprach sie schon mit einem Buch, als wäre es ein denkendes Wesen. Doch wieder schien es sie zu verstehen, denn die Schrift blieb nun in ihrem originalen Zustand. Erstaunt blätterte Mina wieder weiter und begann die erste Geschichte zu lesen. In ihren Gedanken stellte sie sich vor, wie Alamar in seinen einsamen Stunden hier gesessen und gelesen hatte. Bald darauf schon fielen die ersten Tränen auf das wertvolle Manuskript und Mina beeilte sich fluchend die Nässe von dem Papyrus weg zu tupfen. Schnell legte sie das Buch aufgeschlagen zur Seite damit es trocken konnte.

Aufgewühlt begann sie damit in dem Raum auf und ab zu laufen. Wobei die Bezeichnung ‚watscheln' eher zu ihrer Gangart passen würde. Welcher Wochentag war heute und welches Datum? Wann hatte sie ihr Zeitgefühl verloren? Ob schon Weihnachten war? Kurz sah sie sehnsüchtig nach draußen. Dann gab sie sich einen Ruck und ging zurück. Irritierender Weise hatte das Buch keine Schäden oder Spuren der Tränen aufzuweisen und war bereits wieder vollständig trocken. Gerade so als wäre dies nie geschehen.

Um ihr aufgequollenen Beine und Füße zu entlasten nahm sie den Wälzer kurzerhand mit ins Bett. Erneut begann sie zu lesen und freute sich darauf die ursprüngliche Geschichte vor sich zu haben und keine der bestehenden veränderten Vervielfältigungen die es auf der Welt gab. Bald schon war Mina so tief in dem Buch gefangen, dass sie nicht einmal mitbekam, dass dieses sich ihrer Lesegeschwindigkeit anpasste. Was auch an ihr vorbei ging waren weiteren Veränderungen ihres Körpers. Wort für Wort sog sie die Geschichten in sich auf. Zwischendurch wurde sie kurz von einem leichten Ziehen und Druckgefühl gestört. Doch das war schnell wieder vergessen und sie blieb in dem Lesefluss gefangen.

Wie lange Mina so da gesessen hatte konnte sie nicht sagen. Wie immer, wenn sie las verlor sie sich ganz in der Geschichte und vergaß alles andere. Doch als sie mit dem Buch fertig war und es zuklappte stellte Mina fest, dass sie in einer Pfütze saß. Neben dem Bett waren Geräusche zu hören und sie wagte einen vorsichtigen Blick hinab. Dort saß ein kleiner Junge von etwas anderthalb und spielte mit Stofftieren. Sie sah an sich hinab und stellte fest, dass ihr Bauch wieder flach und straff war. Nichts deutete darauf hin, dass sie jemals ein Kind in sich getragen hatte.

Vorsichtig um das Kind nicht zu erschrecken stand Mina auf und trug das Buch auf seinen Platz zurück. Langsam näherte sie sich dem Jungen und hockte sich vor ihn. Kurz sah er auf und lächelte sie an. Er hatte dunkles Haar und schwarze Augen in denen goldene Sprenkel waren.

„Mama" plapperte er fröhlich, ehe seine Plüschtiere wieder seine volle Aufmerksamkeit beanspruchten.

Eine Weile sah sie ihm beim Spielen zu.

Mina wanderte nachdenklich durch den Raum, dabei achtete sie gar nicht mehr auf den Kleinen. Erst als es verdächtig still war, sah sie auf. An der Stelle wo zuvor noch das Kleinkind spielte, saß nun ein Junge den man auf ungefähr 5 Jahre schätzen würde.

„Hast Du schon einen Namen?" fragte sie das Kind doch er schüttelte nur den Kopf.

Mina überlegte eine Weile um einen orientalisch klingenden Namen zu finden, mit einer passenden Bedeutung. Schon bald hatte sie sich entschieden.

„Ich denke Du solltest Rustam A.J heißen. Wir beide machen uns hier einfach eine schöne Zeit."

„Ja Mama."

Wo sollte das Kind schlafen? Brauchte er überhaupt Schlaf? Ihr Blick ging durch den Raum und Alamars Aussage kam ihr wieder in den Sinn *Wir machen uns den Platz, den wir brauchen.* Doch wie sollte das funktionieren?

„Wir brauchen ein weiteres Zimmer, eher zwei. Doch wie mache ich das bloß und wo baue ich die am besten an?" überlegte sie laut.

Er stand auf und kam zu ihr, nahm sie bei der Hand und führte sie zu einer der Wände. Dort legte er ihre Hand auf die Mauer und sah sie erwartungsvoll an.

„Soll hier Dein Zimmer sein?"

Sie schloss die Augen und stellte sich ein liebevoll gestaltetes Zimmer für ihren Jungen vor. Er zupfte an ihrem Shirt und sie sah ihn an.

„Danke Mama."

Freudig hüpfte er durch die Tür in den Raum aus ihrer Vorstellung. Mit einem Lächeln machte Mina sich daran den Rest der Wohnung zu gestalten. Ein Badezimmer entstand ebenso ein weiteres Schlafzimmer in das sie kurzerhand das Bett verstaute. Nun war ein großes Wohnzimmer entstanden das sie gemütlich einrichtete. Dabei erstaunte es sie immer mehr wie einfach die Lampe ihren Gestaltungswünschen nachgab.

„Mama ich habe Dir ein heißes Bad gemacht, komm ruh Dich etwas aus."

Die Stimme des Jungen riss sie aus ihren Gedanken und sie sah erstaunt auf. Er war wieder ein Stück gewachsen. Mit einem Seufzen gab sie seinem Drängen nach und ließ sich von ihm in das Badezimmer führen. Überall standen Kerzen in unterschiedlichen Farben und Größen, die den Raum behaglich ausleuchteten. Mina schälte sich aus dem schmutzigen Shirt und stieg in die Badewanne. Das Wasser hatte eine herrliche Temperatur und roch angenehm nach Kirschblüten und Mandelhonig. Rustam kam zu ihr und hockte sich neben sie auf den dicken Läufer vor der Wanne.

„Wirst Du weiter so schnell wachsen?" fragte sie neugierig.

Er schüttelte den Kopf und spielte mit den flauschigen Fasern des Teppichs.

„Nein jetzt geht es langsamer. Nur noch ein paar Schübe, dann wird es aufhören."

„Das ist gut."

Er war seinem Vater mit jedem Schub ähnlicher geworden und sie vermisste Alamar schmerzlich. Wie es ihm allein da draußen ging? Wieviel Zeit war wohl vergangen, seit sie allein in der Lampe gefangen zurückblieb?

„Nicht traurig sein, Mama. Ich hab Dich lieb."

Rustam war aufgestanden und schlang ihr die Arme um den Hals. Noch während sie ihre Wange an den Kopf ihres Sohnes schmiegte spürte sie die Veränderung. Als er sie los ließ war er bereits ein Teenager. Erstaunt sah sie ihn an. Eine solch große Zeitspanne hatte er bisher noch nicht übersprungen. Es war als würde er ihre Gedanken lesen können.

„Keine Sorge Mama, es kommt nur noch ein Schub."

Betrübt senkte sie den Kopf. So viele Dinge über die sie nichts wusste, weil sie eine Sterbliche war. Dinge über die sie aber als alleinerziehende Mutter eines magischen Kindes Bescheid wissen müsste!

„Was mich auch beschäftigt ist die Frage woher du das alles kannst und weißt?"

„Was genau meinst Du Mama?"

„Na alles halt. Angefangen beim Sprechen, dem Wissen über die Schübe, Deine eigene und die Magie der Lampe."

„Wir werden bereits mit dem Wissen geboren. Da ich in der Lampe geboren wurde, bin ich mit ihr verbunden und weiß daher auch wie ihre Magie funktioniert."

„Wie wird es nun weitergehen mit uns? Was kann ich tun, damit Du zu einem glücklichen jungen Mann heranwachsen kannst? Bisher war ich Dir schließlich in Deiner Entwicklung keine sonderliche Hilfe."

„Du hast mir sogar sehr geholfen. Deine Sorge um mich und unsere Zukunft lehrte mich Umsicht und Mitgefühl. Deine liebevollen Blicke lehrten mich das Gefühl der Zuneigung und Liebe. Auch wenn Du es nicht bemerkt hast, hat Dein Verhalten meine Entwicklung sehr zum Positiven gelenkt."

Verwirrt sah Mina ihn an. Er beugte sich herab und hauchte ihr einen Kuss auf die Wange.

„Wir haben Besuch Mama, mach Dich in Ruhe frisch. Derweil begrüße ich unseren Gast."

Sofort versteifte sie sich. Denn ihr kam nur einer in den Sinn, der sie hier besuchen könnte.

Als sie etwas später vor den Mann trat und ihn unsicher ansah, fand sie in seinem Gesicht kein Anzeichen dafür ob er gute oder schlechte Nachrichten brachte.

„Knie nieder."

Sie kam der Aufforderung ohne zu zögern nach.

„Ich habe lange über Deinen Wunsch nachgedacht und beschlossen, ihn zu erfüllen. Wie es Brauch ist, wird auch Dein Sohn als Dschinn in meine Dienste treten, sobald er seine Reife erlangt hat."

Entsetzt sah sie nun den Mann an.

„Muss das sein? Kann er nicht einfach nur unser Sohn bleiben? Ich will nicht, dass er Sklave irgendwelcher Leute wird- auf ewig in ein Gefäß gesperrt!"

Mina war aufgesprungen und stemmte die Hände in die Hüften.

„Es ist seit Anbeginn der Dschinns Brauch und glaube mir, es wird besser so sein. Aber ich will Dir erneut entgegenkommen und Deinen mütterlichen Wunsch respektieren. Du wirst den ersten Meister Deines Sohnes erwählen dürfen. Aber geschieht dies nicht innerhalb dreier

Menschenjahre nach seiner Reife, komme ich ihn persönlich holen."

„Wird auch bei ihm dieser seltsame Handel mit den drei Wünschen bestehen?" fragte Mina kraftlos während sich auf den Boden setzte. Rustam kniete neben ihr und hatte bisher nicht ein Wort gesprochen. Nun schlang er stumm einen Arm um ihre Schultern und neigte seinen Kopf gegen ihren.

„Nein, er ist reiner Natur und kann daher solange seinem Dienst nachgehen bis ein Meister ihm die Freiheit schenkt."

„Dann war das nur, weil Alamar ein halber Flaschenteufel ist?"

„So ist es."

Ein letzter Blick in seine unnachgiebige Miene gab ihr keine Hoffnung ihn umzustimmen und so ließ sie den Kopf hängen.

„Nun erhebe Dich Dschinna Mina und kehre mit Deinem Sohn in Dein angestammtes Zuhause zurück. Wenn die Zeit reif ist, wird Dich Dein erster Meister finden."

Ehe sie verstand, was er meinte musste sie entsetzt zusehen wie ihr Körper anfing sich in Rauch aufzulösen. Kurz darauf stand sie in ihrem Arbeitszimmer vor einem fremden Schreibtisch.

Alamar

Gerade hatte er die letzten Papiere eingeordnet und weggeräumt, da begann um ihn herum alles durchzudrehen.

Die Zeiger der riesigen Uhr über dem Schreibtisch liefen, als ginge es darum der Zeit weg zu rennen, der alte Gong aus China dröhnte und selbst das Glöckchen an der Ladentür bimmelte. Noch während er überlegte was das zu bedeuten hatte, wurde es dunkler in dem Raum und Rauch waberte über den Boden.

Plötzlich stand Mina vor dem Schreibtisch und er dachte schon es wäre eine Fata Morgana. Um sich zu versichern das sie echt war, riss Alamar seine Frau in die Arme und verteilte viele erleichterte Küsse auf ihren Haaren.

„Ich dachte schon Dich für immer verloren zu haben!", jammerte er leise an ihrem Scheitel. Kurz darauf versteifte er sich und starrte auf einen Punkt hinter ihr. Dort war ein Teenager aufgetaucht, der unverkennbar sein Sohn war und mit ihm der Dschinn Sultan.

„Alamar, Deine Kräfte werden Dir aufgrund der besonderen Formulierung Deiner Meisterin nicht entzogen. Du wirst aber auch niemandem mehr dienen müssen und kannst Dich mit Deiner Familie frei im Raumkontinuum bewegen. Achte jedoch darauf, dass vor den Sterblichen keine Magie genutzt wird. Euer neues Zuhause ist dieses Haus mit dem eingefassten Laden. Lass es mich nicht bereuen einen besonderen Wunsch außer der Reihe erfüllt zu haben!"

Ernst sah Alamar den Sprecher an.

„Niemals werde ich Euch enttäuschen Dschinn Sultan Nemir."

„Das hoffe ich doch sehr für Dich. Sonst kehre ich zurück und es wird nicht zu eurem Vergnügen sein."

Er wandte sich an ihren Sohn.

„Wenn Du Deine Reife erlangt hast komme ich zu Dir und weise Dich ein, bis dahin sei ein gelehriger Nachwuchs Dschinn."

Rustam nickte ernst.

„Das werde ich sein Dschinn Sultan Nemir."

Der Fremde sah sie reihum noch einmal an und verschwand dann spurlos, als wäre er niemals da gewesen.

„Wie ist Dein Name Sohn?" fragte Alamar nachdem sich die gröbste Aufregung gelegt hatte, dabei sah er den hochgewachsenen Teenager an.

„Mein Name ist Rustam A.J."

„Wie kamst Du eigentlich auf den Namen Rustam A.J.?"

Beide sahen Mina neugierig an.

„Rustam, weil es ‚Von gewaltigem Wuchs' bedeutet, was ja bei den enormen

Wachstumsschüben passte und A.J steht für Alamar Junior."

Als er lachte, sah sie ihn böse an.

„Hey! Schließlich dachte ich dich nie wieder zu sehen! So hatte ich ein Andenken an Dich, in seinem Namen, auch oder gerade um ihm eine Verbindung zu Dir zu geben."

Rustam kam und schloss sie in die Arme.

„Nicht aufregen Mama, Papa wollte Dich sicher nur ärgern und wenn Du möchtest setze ich ihn dafür persönlich auf der Sonne aus."

Mit grimmigem Blick bedachte er seinen Vater, der mittlerweile nicht mehr lachte.

„Nein ich meine es nicht böse, dazu liebe ich euch zu sehr."

Auch er schloss seine Arme um die Beiden und hauchte Mina einen sanften Kuss auf ihre Lippen.

Mina

Schon sehr bald war ihr Sohn vollständig ausgewachsen und zog in die Lampe. Da Mina nun mit ihrem Laden und dem Haus drum rum verbunden war, hatte sie kurzerhand umgebaut. Im Keller war nun das Gästezimmer mit dem kleinen Bad und vom Arbeitszimmer aus ging eine Treppe hinauf in ihre Wohnung. Dort gab es eine hochmoderne geräumige Küche, ein stilvolles aber sehr bequemes Wohnzimmer mit Kamin und ein heimeliges Schlafzimmer mit Himmelbett. Das großzügige Bad hatte nicht nur Wanne und Dusche, nein sie gönnte sich auch einen Whirlpool zum Entspannen nach langen Verkaufstagen.

***

Wieder einmal saß die kleine Familie gemeinsam vor dem gemütlichen Kamin und plante das nächste Ziel.

„Wo wollen wir diesmal hinreisen? Es wird Zeit weiter zu ziehen."

Mina sah die beiden Männer an.

„Im Pegasus Nebel soll es einige erdähnlichen Planeten geben" schlug Rustam vor.

„Das ist eine schlechte Idee, denn dort herrschen zur Zeit Bürgerkriege" erwiderte Alamar.

„Wie sieht es aus Liebling, hat Dein aktueller Meister schon seinen letzten Wunsch verbraucht?" fragte er Mina.

„Gestern Abend, er wünschte sich eine Gespielin für drei Nächte. Das bedeutet ich wäre vorerst frei weiter zu reisen."

„Rustam wie sieht es bei Dir aus? Ist deine Meisterin mit ihren Wünschen fertig oder musst du nachkommen?" fragte sein Vater. Abwartend sahen sie ihn an.

„Sie hat heute Morgen den letzten Wunsch für einen Traummann genutzt."

Täuschte sie sich oder war er tatsächlich darüber enttäuscht?

„Im Sternbild Kassiopeia soll es auch sehr schöne Planeten geben. Dort waren wir noch nicht" schlug Mina vor und freute sich bereits auf neue Abenteuer, die sie und ihre Familie dort erwarten würden.

- ENDE -

Der Autor

Er ist ein schräger Vogel mit Galgenhumor, süchtig nach Kaffee und Musik.

Unter dem Pseudonym Liam Rain findet man Fantasy Bücher (mit und ohne Erotikelemente) für Erwachsen.

Im Oktober 1981 wurde Liam im schönen Saarland geboren - wo er auch zurzeit mit seiner Familie lebt.
Seine Leidenschaft zum Schreiben und Lesen entdeckte er bereits früh in der Grundschule. Von da an ärgerte er seine Lehrer regelmäßig mit sehr langen und fantasievollen Aufsätzen. Später versuchte Liam sich an Gedichten und der einen oder anderen Kinder- & Jugendkurzgeschichte.
Heute widmet er die meisten seiner Worte der Welt hinter der Vernunft. Dort wo es Phönix,

Werwolf und sogar Harpyie gibt. Wo Misch und Wer-Wesen in der selben Welt nebeneinander leben und der Mensch eher als Leser, denn als Einwohner anwesend ist.

Seine Hobbys sind: Lesen, Musizieren, Spazieren mit Familie und Hunden und natürlich Schreiben. Zwischen all dem widmet er sich seinem einzigen Laster, dem Videospiel.

Worte jenseits der Vernunft. Welten, in denen fast vergessene und neumodische Mythen leben. Prickelnde Leidenschaft und Romantik – dafür steht Liam Rain.

Weitere veröffentlichte Bücher von/mit Liam Rain

John Hunter (Lykaner Liebe 1)
Owen Tikaani (Lykaner Liebe 2)
Einmal Ragnarök für Zwei – Laoghaire & Loki (gemeinsam mit Melanie Weber-Tilse)